# रुद्र का रहस्य

- महावीर चौधरी -

विपरीत समय की पराकाष्ठा जब अपने चरम पर होती है,
मौत जश्न और ज़िंदगी मातम प्रतीत होती है...!

# ख़ून से भीगी दास्तान

# 1 ख़ून से भीगी दास्तान

रात का अँधेरा पहाड़ों पर हमेशा कुछ अलग ही असर डालता है। दिन की हलचल, सैलानियों की आवाज़े, गाड़ियों की गूंज सब जैसे कहीं खो जाते हैं। सिर्फ़ रह जाती है हवाओं की ठंडी सिसकी और जंगलों की गहरी खामोशी। उस रात आसमान पर बादल भारी थे, मानो पहाड़ों की चोटियों को किसी कफ़न की तरह ढक लेना चाहते हों। चाँद की हल्की-सी रोशनी बार-बार बादलों में कैद होकर बाहर झाँकती, और फिर अंधकार सब निगल जाता।

इन्हीं पहाड़ों की एक ढलान पर खड़ा था एक पुराना, उजड़ा हुआ होटल। कभी यह होटल सैलानियों की चहचहाहट से भर जाया करता था-रात को यहाँ गाने बजते, कमरे रोशनी से जगमगाते। लेकिन वक्त ने इसे भुला दिया। अब यह जगह सिर्फ़ डर और वीरानी का दूसरा नाम थी। लकड़ी की दीवारें नमी से गल चुकी थीं, खिड़कियों के शीशे टूटकर हवाओं के थपेड़ों में कराहते थे। यहाँ तक कि स्थानीय लोग भी इसे अभिशप्त मानते थे। कहते थे, बरसों पहले यहाँ मौत ने तांडव किया था और तभी से यह इमारत सिर्फ़ सन्नाटे की कैद बन गई।

उस वीरान होटल की टूटी सीढ़ियों से होकर अगर कोई अंदर झाँकता तो उसकी रूह कांप जाती। जाले से ढकी छतें, धूल में दबे पुराने फर्नीचर और सबसे भयावह - फ़र्श पर बिखरा खून।

कमरे के बीचोंबीच पाँच लाशें पड़ी थीं। खून से लथपथ, बेहाल, चीखते हुए जैसे अब भी इंसाफ़ मांग रही हों। किसी की गर्दन गहरे ज़ख्म से

चौर दी गई थी, किसी के सीने में गोली आर-पार हो चुकी थी, किसी का चेहरा इतना बिगड़ चुका था कि पहचान पाना असंभव। खून की धारें फ़र्श की दरारों में समा रही थीं और उनकी गंध इतनी तेज़ थी कि लगता था हवा भी अब मौत की साथी बन गई हो।
दीवारों पर पड़े खून के छींटे ऐसे थे मानो किसी ने पागलपन में इन्हें ब्रश की तरह इस्तेमाल कर एक खूनी पेंटिंग बना डाली हो। हर निशान किसी अनकहे राज़ का गवाह था।

इन्हीं लाशों के बीच खड़ा था रुद्र।

करीब तीस साल का लंबा, चौड़े कंधों वाला आदमी। उसका चेहरा तेज़ था, आँखों में गहराई ऐसी कि देखने वाला डूब जाए। लेकिन उस वक्त उसकी आँखों में ठंडापन था- एक ऐसा ठंडापन जो मौत के बाद ही आता है। उसके हाथ में बंदूक थी, जिसकी नली से हाल ही में दहाड़ निकली थी। अभी भी धुएँ की हल्की गंध उस पर चिपकी हुई थी।

वह सांसें ले रहा था, पर चेहरे पर न थकान थी, न ही डर। मानो यह सब उसके लिए कोई नई बात न हो।

दरवाजे पर खड़ी थी दीप्ति।

उसकी आँखें भय और सदमे से चौड़ी हो चुकी थीं। वह काँप रही थी, जैसे किसी ने उसकी आत्मा को निचोड़ लिया हो। उसका गला सूख चुका था, होंठ बेजान थे। उसने अपने सामने जो दृश्य देखा, वह उसकी कल्पना से भी परे था।

जिस इंसान के साथ उसने हँसकर सपने बुने थे, जिसके साथ उसने अपने कल की तस्वीर बनाई थी- वह इंसान आज खून और लाशों

के बीच खड़ा था।

उसने काँपते हुए स्वर में कहा-"ये... ये सब तुमने किया, रुद्र?"

कमरे में एक अजीब खामोशी पसर गई। बाहर से आती हवा भी जैसे थम गई।

रुद्र ने उसकी तरफ़ देखा। उसकी आँखों में सफाई का कोई नामोनिशान नहीं था। वहाँ सिर्फ एक खामोशी थी- भारी, रहस्यमयी, डरावनी।

वह धीरे से दीवार के सहारे बैठ गया। हथियार अब भी उसकी पकड़ से छूटा नहीं।

दीप्ति की धड़कनें इतनी तेज़ थीं कि उसे खुद सुनाई देने लगीं। उसका दिमाग़ सवालों से भर गया।

क्या यह वही रुद्र है, जिसे उसने अपना सब कुछ माना था? क्या यह वही आदमी है, जिसकी आँखों में उसे सुकून मिलता था?

या यह कोई और है-एक अजनबी, एक खूनी ?

उसकी आँखों से आँसू छलकने लगे। "तुम चुप क्यों हो? जवाब दो, रुद्र... ये सब क्यों?"

रुद्र ने सिर झुकाया। उसने गहरी सांस ली, मानो सीने में दबे किसी राज़ को निगल रहा हो। उसकी आँखों में एक हल्की नमी तैर गई, लेकिन चेहरा अब भी पत्थर की तरह सख़्त था।

कुछ सेकंड तक कमरे में सन्नाटा पसरा रहा। फिर रुद्र ने बेहद धीमे स्वर में कहा-"वक़्त हमारे खिलाफ़ है।"

दीप्ति उसकी इस बात से और टूट गई। "मतलब? किस वक़्त की बात कर रहे हो? किससे लड़ रहे हो तुम? और ये... ये लोग कौन हैं?"

उसकी आवाज़ टूट रही थी। उसके सवाल खून से भी ज्यादा भारी थे। रुद्र ने उसकी तरफ़ देखा, लेकिन कोई जवाब नहीं दिया। वह खिड़की की ओर देखने लगा, बाहर फैले अंधेरे पहाड़ों की तरफ।

दीप्ति का गुस्सा अब डर में बदल रहा था। "तुम्हारी खामोशी मुझे और डरा रही है, रुद्र। अगर तुमने सच्चाई नहीं बताई तो मैं..."

उसकी आवाज़ भरी गई।

रुद्र ने अचानक तेज़ स्वर में कहा-"दीप्ति!"

उसकी आवाज़ कमरे में गूंज उठी। "कुछ बातें ऐसी होती हैं, जिनका जवाब शब्दों से नहीं... खून से मिलता है।"

दीप्ति सिहर उठी। उसका दिल चीख रहा था कि भाग जाओ, लेकिन उसका प्यार उसे वहीं बाँध कर रखे हुए था।

कमरे में बिजली चमकी। खिड़की से आई सफेद रोशनी ने लाशों और खून को और भयावह बना दिया। दीप्ति ने मुंह पर हाथ रख लिया। उसकी आँखों से आँसू बह निकले।

“मैंने कभी नहीं सोचा था,” वह फुसफुसाई, “कि मैं जिस इंसान से प्यार करती हूँ, उसका सच इतना अंधेरा होगा।”

रुद्र की आँखों में हल्की-सी चमक आई, लेकिन वह अब भी खामोश रहा। उसके चेहरे पर गुस्सा नहीं था, बल्कि एक गहरी मजबूरी थी।

कुछ देर बाद उसने कहा-”तुम्हें जो दिख रहा है, वो सच है... लेकिन पूरी सच्चाई नहीं।”
दीप्ति ने हिचकते हुए पूछा-”तो पूरी सच्चाई क्या है, रुद्र?”

रुद्र ने आँखें बंद कर लीं। उसकी सांसें भारी हो गईं। कुछ देर तक उसने कोई जवाब नहीं दिया।

कमरे में फिर वही सन्नाटा लौट आया। सिर्फ़ बाहर की हवाओं की गूंज सुनाई दे रही थी।

फिर उसने धीरे से कहा-”वक़्त हमारे खिलाफ़ है।”

# प्यार और खौफ की गिरफ्त

# 2 प्यार और खौफ की गिरफ्त

रात का अँधेरा पहाड़ों की चोटियों पर और भी गहरा हो गया था। हवाओं की ठंडी सरसराहट जैसे हर पत्ते, हर शाख, हर पत्थर तक में समा गई थी। होटल के भीतर पुलिस की गाड़ियों की आवाज़ें अब साफ़ सुनाई देने लगी थीं। सायरन की टन-टनाहट, रेड लाइट की झिलमिलाहट और पुलिस की कदमों की आहट ने उस वीरान होटल को जैसे हिलाकर रख दिया था।

रुद्र ने दीप्ति की आँखों में एक झलक देखा—डर, और उस डर में भरोसा भी कि वह उसके साथ सुरक्षित है। उसने दीप्ति का हाथ कसकर पकड़ा और धीरे से कहा,
"चुप रहो, किसी को आवाज़ मत आने दो। हमें अभी निकलना होगा।"

दीप्ति का दिल ज़ोर-ज़ोर से धड़क रहा था। हर पल वह सोच रही थी कि अगर पुलिस ने उन्हें पकड़ लिया तो क्या होगा। लेकिन उसका प्यार रुद्र के लिए उस डर से भी ज़्यादा ताक़तवर था।

पुलिस के कदम धीरे-धीरे पास आ रहे थे। रुद्र ने झट से अपनी बंदूक संभाली और दीप्ति को पीछे खड़ा किया। उसकी आँखें फर्श और दीवारों पर फैलते अँधेरे में हर छोटी-सी हरकत को पकड़ रही थीं।

"हमें बाएँ ओर वाली खिड़की से निकलना होगा," रुद्र ने फुसफुसाते हुए कहा। "वो पुरानी सीढ़ियाँ हमें बाहर ले जाएँगी।"

दीप्ति ने सिर हिलाया। उसके हाथ कांप रहे थे, लेकिन उसने रुद्र की पकड़ को छोड़ा नहीं। दोनों धीरे-धीरे खिड़की की ओर बढ़े। खिड़की टूटी हुई थी, और बाहर की ठंडी हवा उनके चेहरों को थपथपा रही थी।

जैसे ही वे बाहर उतरे, रुद्र ने झाड़ियों और पेड़ों के बीच से धीरे-धीरे नीचे की ओर कदम बढ़ाए। पहाड़ों की ढलान खतरनाक थी, लेकिन रुद्र के अनुभव और उसकी ठंडी नज़रें उन्हें सुरक्षित रख रही थीं। दीप्ति हर कदम पर डर और रोमांच दोनों महसूस कर रही थी। उसका हाथ रुद्र के हाथ में मजबूत था, लेकिन मन की धड़कनें असमंजस में थीं—प्यार और डर के बीच फंसी हुई।

जंगल की गहराई में पहुँचते ही उन्हें लगा कि वे शायद कुछ देर के लिए सुरक्षित हैं। पेड़ों की शाखाएँ हवा में सरसराती थीं और हर जगह अँधेरा फैल रहा था।

रुद्र ने दीप्ति की आँखों में देखा। उसने धीरे कहा,
"डरो मत, मैं हूँ न। कोई हमें यहाँ नहीं पकड़ सकता।"

दीप्ति ने हल्की सी मुस्कान दी, लेकिन उसके होंठ कांप रहे थे। उसके मन में अब भी सवाल थे—रुद्र किस अंधेरे रास्ते से गुज़र चुका है, उसने ये सब क्यों किया, और अब उनकी ज़िंदगी कैसे बचेगी।

रात का समय लंबा और घना था। पहाड़ों की ठंडी हवाएँ उनके चेहरे पर दस्तक दे रही थीं। उन्होंने महसूस किया कि पूरी रात यहीं जंगल में बितानी होगी। रुद्र ने दीप्ति को एक झुरमुट के पास ले जाकर बैठाया। उसने आग जलाने की कोशिश की, लेकिन गीली लकड़ियाँ बार-बार बुझ जाती थीं।

अचानक दूर से भेड़ियों की गरज सुनाई दी। रुद्र ने तुरंत कानों को तान लिया। "दीप्ति... नीचे झुको और चुप रहो। हम पेड़ों के पीछे हैं, आवाज़ मत निकालना।"
दीप्ति ने काँपते हुए सिर हिलाया।

भेड़ियों की झुंड की संख्या पाँच या छह थी। उनकी आँखें अँधेरे में चमक रही थीं, और उनकी चाल इतनी तेज़ और calculated थी कि रुद्र ने तुरंत समझ लिया–ये सिर्फ़ भूखे जानवर नहीं हैं, बल्कि तेज दिमाग़ वाले शिकारी हैं।

भेड़ियों ने अचानक उनके पास आने की कोशिश की। सबसे बड़ा भेड़िया–जो बाकी झुंड का नेता था–धीरे-धीरे रुद्र और दीप्ति की तरफ़ बढ़ा। उसकी चाल में छल और सामरिक planning झलक रही थी। रुद्र ने अपनी बंदूक उठाई, लेकिन जानता था कि गोली से झुंड डरकर भाग सकता है, पर नेता भेड़िया तुरंत हमला कर देगा।

दीप्ति का हृदय तेज़ धड़क रहा था। भेड़ियों ने चारों तरफ़ घेरा बना लिया। एक भेड़िया रुद्र के सामने आ गया और ज्यों ही उसने हमला किया, रुद्र ने तेज़ी से हाथ बढ़ाया और उसे पीछे धक्का दे दिया। लेकिन सबसे डरावनी बात यह थी कि एक भेड़िया दीप्ति की तरफ़ झुककर उसके खाने के लिए हाथ बढ़ाने लगा।

रुद्र ने तुरंत अपनी ताक़त का इस्तेमाल किया। उसने एक शाखा उठाई और भेड़िये को तेज़ी से मारकर उसकी गति रोक दी। झुंड ने इस अचानक हमले से थोड़ी confusion महसूस की, और रुद्र ने उसी पल में दीप्ति को अपनी ओर खींचा।

भेड़ियों ने फिर से हमला किया, उनकी दहाड़ें जंगल में गूंज रही थीं।

रुद्र ने अपनी बंदूक से फायर किया—कई गोलियाँ हवा में छिड़क दी गईं ताकि भेड़ियों का ध्यान भटक जाए। उनका मकसद केवल उन्हें डराना था, घायल करना नहीं।

दीप्ति अब रुद्र की बाहों में थी। उसका दिल जैसे रुकने वाला था, लेकिन रुद्र की शांत और calculated presence ने उसे थोड़ी हिम्मत दी। झुंड आखिरकार दूर हटने लगा, लेकिन leader भेड़िया आखिरी नज़र में उनकी ओर ताक रहा था, जैसे कह रहा हो—"हमने अभी हार नहीं मानी।"

रुद्र ने दीप्ति की ओर देखा और धीरे से कहा,
"हमारे पास समय नहीं है। चलो... चलो नीचे की ओर।"

दीप्ति ने सिर हिलाया। उसका मन डर और रोमांच दोनों से भरा था। उस रात भेड़ियों ने उन्हें जीवन और मौत के बीच की कड़ी महसूस कराई थी।

मध्य रात्रि में जंगल की घनी चुप्पी में सिर्फ़ हवाओं की सरसराहट और दूर कहीं जंगली जानवरों की हल्की आवाज़ें सुनाई दे रही थीं। रुद्र अब पूरी तरह थक चुका था। उसकी साँसें भारी और अनियमित हो गई थीं। उसने एक मजबूत पेड़ के तने को सहारा बना लिया और वहीं बेहोश-सी स्थिति में गिर गया। उसके हाथ और पैरों की मांसपेशियाँ थकावट और लगातार तनाव से अकड़ चुकी थीं।

दीप्ति आग के पास बैठी थी। आग की हल्की चमक उसके चेहरे पर पड़ रही थी, और उसकी आँखों में चिंता, डर और प्यार का मिश्रण साफ़ दिखाई दे रहा था। उसने देखा कि रुद्र की एक चोट से हल्का खून बह रहा है, और आग की रोशनी में वह रक्त उसकी त्वचा पर

लाल धारा की तरह बहता दिख रहा था।

दीप्ति ने तुरंत उसकी ओर बढ़कर रुद्र का जूता उतारा। हाथों में हल्की कांपाहट थी, लेकिन उसने अपने कुरते का एक टुकड़ा फाड़कर उसकी चोट पर कसकर बांध दिया। उसकी नाज़ुक लेकिन पक्का हाथ रुद्र की थकान में भी असर डाल रहा था। रुद्र इतना थका हुआ था कि उसे अपनी चोट का बिल्कुल भी एहसास नहीं हुआ।

दीप्ति ने उसकी गर्दन पर हाथ रखकर देखा कि वह सुरक्षित है, और फिर उसने अपनी नजरें जंगल की ओर घुमाई। उसी समय, अचानक उसकी आँखों के सामने चाँदनी रात में झरना चमकने लगा। यह दृश्य पहले उसकी नजरों से छुपा हुआ था, डर और अंधेरे की वजह से वह इसे देख नहीं पाई थी।

उस झरने की बूँदें चाँदनी में झिलमिला रही थीं, और जंगल की ठंडी हवा में टकराकर उसके चेहरे और हाथों पर गिर रही थीं। दीप्ति ने महसूस किया कि पानी की ठंडक उसके पूरे शरीर में फैल रही है, लेकिन दिल की धड़कनें धीरे-धीरे शांत हो रही थीं।

झरने के पास जंगल में रात में खिले हुए सैकड़ों रंग-बिरंगे फूल दिखाई दिए। उनकी महक और चमक इतनी अद्‌भुत थी कि दीप्ति ने अपनी पूरी ज़िंदगी में पहली बार इतनी शांति और सौंदर्य अनुभव किया। यह दृश्य उसके डर और तनाव के बीच जैसे एक सुखद आश्रय बन गया।

दीप्ति थोड़ी देर वहीं बैठी रही। उसने देखा कि झरने से गिरती बूंदें उसके हाथों और चेहरे पर गिर रही थीं। पानी की ठंडक उसकी त्वचा

को छूते हुए दिल में एक अजीब संतोष और ताजगी भर रही थी। डर और थकावट के बावजूद, इस छोटे से प्राकृतिक दृश्य ने उसे सुकून दिया।

आसमान की चांदनी और झरने की नमी, फूलों की चमक और आग की हल्की गर्मी–इन सबका मिश्रण दीप्ति को एक नयी चेतना और शांति का अनुभव करा रहा था। वह जानती थी कि रुद्र अब उसके पास सुरक्षित है, और इन अँधेरे और खतरनाक जंगल के बीच भी, प्रकृति ने उसे कुछ पल के लिए अपने डर और तनाव से मुक्त कर दिया।

धीरे-धीरे रात खत्म होने लगी। अँधेरा हल्का होने लगा। पहाड़ों की ठंडी हवाएँ अब और भी तेज़ थीं। दीप्ति ने आसमान की तरफ़ देखा। "रुद्र... सुबह हो रही है," उसने फुसफुसाया।

रुद्र ने सिर हिलाया और उसकी ओर देखा। उसकी आँखों में संतोष और थकान का मिश्रण था।
"हां... दिन फिर से शुरू होने वाला है।
और तभी, पेड़ों के बीच से सुबह की पहली किरण दिखाई दी।

# सवालों का समंदर

# 3 सवालों का समंदर

घने जंगल की रात अब अपने आख़िरी पलों में थी। चारों ओर फैली हुई ठंडी नमी और मिट्टी की गंध में एक अजीब-सी सिहरन थी। पेड़ों की शाखाओं पर बैठी चिड़ियाँ धीरे-धीरे अपनी नींद से जाग रही थीं। कहीं दूर से कोयल की एक लंबी कूक सुनाई दी और आसमान के एक कोने से हल्की सुनहरी आभा धीरे-धीरे फैलने लगी।

Rudra और Deepti, दोनों रात की थकान और बेचैनी से चूर, अब सुबह की उस पहली किरण के साथ एक नए रास्ते की तलाश में थे। उनके चेहरों पर थकावट की परतें साफ़ नज़र आ रही थीं, लेकिन आँखों में सतर्कता अब भी उतनी ही थी।

जैसे-जैसे सूरज ऊपर उठने लगा, जंगल की उदासी कम होने लगी। पत्तों पर जमी ओस चमकने लगी, और पक्षियों की चहचहाहट वातावरण में एक नयी ताज़गी घोलने लगी। पर Rudra के चेहरे पर कोई नरमी नहीं आई। उसकी आँखें अब भी सजग थीं, मानो हर आवाज़, हर सरसराहट को परख रही हों।

काफी देर तक चलते रहने के बाद अचानक सामने एक खुला इलाका दिखाई दिया। पेड़ों के बीच से निकलकर एक संकरी पगडंडी छोटे-से पहाड़ी घर की ओर जाती थी। घर मिट्टी और पत्थरों से बना था, जिसके बाहर एक पुराना-सा लकड़ी का दरवाज़ा लगा हुआ था। घर के सामने एक छोटा-सा आँगन था और आँगन में एक कुआँ।

आँगन में से आती खुशबू किसी चाय या ताज़े दूध की लग रही थी। Deepti ने गहरी सांस ली और पहली बार रात के डर और सन्नाटे के बाद थोड़ी राहत महसूस की।

"लगता है यहाँ कोई रहता है..." Deepti ने धीमी आवाज़ में कहा।

Rudra ने कुछ जवाब नहीं दिया। वह हमेशा की तरह खामोश रहा। उसकी निगाहें घर पर टिकी थीं। कुछ पल बाद उसने धीरे से सिर हिलाया, और दोनों उसी ओर बढ़ गए।

जब वे आँगन तक पहुँचे तो उन्होंने देखा कि घर के अंदर से कुरान की तिलावत की धीमी-धीमी आवाज़ आ रही थी। एक बुज़ुर्ग व्यक्ति सफ़ेद कुरते-पायजामे और टोपी में नमाज़ पढ़ रहे थे। उनकी आवाज़ इतनी सुकून देने वाली थी कि कुछ पल के लिए Deepti खुद को सब कुछ भूलकर सुनती रह गई।

उसी समय दरवाज़े से एक जवान लड़की बाहर आई। उसकी उम्र मुश्किल से बाईस-तेइस रही होगी, लेकिन उसकी अदाओं में ऐसी नज़ाकत थी कि जैसे बचपन और जवानी के बीच का सबसे हसीन पल ठहर गया हो। चेहरे पर ऐसी चमक थी कि मानो सुबह की धूप भी उसकी मासूम मुस्कान के सामने फीकी लगे। बड़ी-बड़ी आँखें गहरी काली झील जैसी–जिनमें डूब जाने का मन करे। उसकी लंबी पलकों की धीमी सी हरकत में भी एक नशा था।

हल्के नीले रंग का सलवार-कुर्ता उसकी गोरी, रेशमी त्वचा से चिपककर उसकी हर मोहक बनावट को और उभार रहा था। पतली कमर पर कसकर बंधा दुपट्टा बार-बार फिसलकर उसके उभारों की नर्मी को छेड़ने लगता, और वह हर बार हल्की सी झिझक के साथ

उसे संभाल लेती। चलते हुए उसकी जाँघों की हल्की रेखाएँ कपड़े के नीचे से झलकतीं, और उसके क़दमों की अदा में एक मस्तानी लचक थी जो किसी का भी दिल तेज़ धड़काने के लिए काफ़ी थी।

उसके बाल खुले हुए हवा से उलझते हुए उसकी गर्दन पर गिर रहे थे। उस नाज़ुक गर्दन की हल्की सी चमक और वहाँ से उठती खुशबू एक पल को Rudra की साँसें रोक देने के लिए काफ़ी थी। हाथ में तांबे का लोटा पकड़े जब वह कुएँ की तरफ बढ़ी, तो उसके हर क़दम के साथ उसका जिस्म ऐसे हिल रहा था मानो हवा और ज़मीन दोनों उसकी अदा के गुलाम हों।

जैसे ही उसकी आँखें Rudra और Deepti पर पड़ीं, उसके कदम ठिठक गए। एक पल को लगा मानो समय वहीं जम गया हो—और उस चुप्पी में उसकी सुंदरता और भी घनी होकर साँस लेने लगी।

“आप लोग... कौन?” उसने थोड़ी हिचकिचाहट के साथ पूछा।

Deepti तुरंत आगे बढ़ी। “हम... रास्ता भटक गए हैं। रात को जंगल में अटक गए थे। सुबह होते-होते यहीं आ पहुँचे।”

लड़की की आँखों में पहले हैरानी थी, पर धीरे-धीरे वह नरम पड़ गई। शायद उनके थके हुए चेहरे देखकर उसे यक़ीन आ गया था। तभी घर के अंदर से उसकी माँ और छोटा भाई भी बाहर आ गए। माँ ने दुपट्टे से सिर ढक रखा था और छोटे लड़के ने अभी-अभी नींद से उठकर आँखें मली थीं।

“अरे, मेहमान हैं?” माँ ने बेटी से पूछा।

"हाँ अम्मी, जंगल से भटके आए हैं।"

माँ ने मुस्कुराते हुए कहा - "तो फिर खड़े क्यों हो? अंदर बुलाओ। सुबह का वक्त है, थके हुए होंगे। चाय पिलानी चाहिए।"

Rudra और Deepti ने हल्की मुस्कान के साथ एक-दूसरे को देखा और आँगन में रखी चारपाई की ओर बढ़े। Deepti को यह अपनापन अजीब-सा लगा। रातभर जिस खौफ़ में उन्होंने वक्त गुज़ारा था, उसके बाद यह घर मानो एक अलग ही दुनिया का हिस्सा लग रहा था।

अंदर नमाज़ खत्म कर चुके बुज़ुर्ग भी अब बाहर आ गए। उनकी सफ़ेद दाढ़ी और चमकती आँखों में अपनापन था। उन्होंने मुसाफ़िरों की तरह Rudra और Deepti को देखा और सिर हिलाकर कहा - "अल्लाह मेहरबान है, जो सुबह-सुबह आपको यहाँ पहुँचा दिया। जंगल खतरनाक होता है।"

Deepti ने झुककर उन्हें आदाब किया और Rudra ने हल्का-सा सिर हिलाया।

लड़की, जो अब तक चुप थी, आगे आई और बोली - "पहले पानी पी लीजिए। फिर अम्मी चाय बना रही हैं।"

Deepti के चेहरे पर हल्की मुस्कान आ गई। उसने सोचा, शायद इतनी डरावनी रात के बाद सुबह की शुरुआत इसी तरह के अपनापन से होनी चाहिए थी।

लेकिन Rudra की आँखें अब भी घर और आस-पास पर घूम रही

थीं। जैसे वह हर वक्त किसी खतरे की तलाश में हो। Deepti ने उसकी तरफ देखा, पर कुछ बोली नहीं।
दरवाज़े के बाहर से आई हल्की-सी धूप घर के आँगन में उतर रही थी। अंदर से आने वाली चाय की खुशबू और रोटियों की ताज़ी सी तासीर ने उस सुबह की ठिठुरन को कुछ कम कर दिया था। पर रुद्र की चाल अब भी भारी और धीमी थी; हर कदम में थकन का निशान था। वह धीरे-धीरे चारपाई की ओर बढ़ा, और लड़की उसे देखते ही झट से उठकर मिट्टी के बर्तन लेकर पानी गर्म करने लगी।

ठीक उसी समय, घर का मुखिया–मध्यम आयु का एक सादा-सुगठित इंसान, जिसके चेहरे पर ज़िंदगी की कठोराइयाँ और वही अपनापन दोनों साफ़ झलकते थे–आँगन में बाहर आकर उनका मुँह देखा और पूछा, "जनाब, यह चोट कैसी लगी? बताइए तो सही।" उसकी आवाज़ में खीज नहीं थी, बल्कि नम्रता और चिंता का मेल था।

रुद्र ने एक पल तक उसको देखा। उसकी आँखों में कुछ उथल-पुथल हुई–किसी याद की परतें खिसक गईं। फिर उसने धीरे और साफ़ शब्दों में कहा, "साहब... वह हमला... भेड़ियों ने किया था। झुंड में थे–तेज़ दिमाग़ वाले, योजना के साथ आए थे।"

लड़की के पिता की भौंहें सिकुड़ गईं। "भेड़िये? यहाँ?" वह आश्चर्य और चिंता से बोला। उसके चेहरे पर किसान और पिता दोनों का टैग था–जो अपने खेत और अपनी बिटिया दोनों का रक्षक था।

रुद्र ने नंगी आँखों से उस तरफ़ देखा जहाँ कुछ देर पहले रात का अँधेरा था। "हां–नीचे की ढलान से आए थे। हम भाग रहे थे, और उन्होंने घेर लिया। हम बच निकले पर मुझे एक टुकड़ा लग गया।" उसने अपनी आवाज़ में कटुता छुपाकर बताया, पर शब्द ऐसी कसक

लिए थे मानो कुछ और भी कहना चाहता हो।

माँ ने पास आकर गरम पानी एक मटके से निकाला और कहने लगी, "बेटा, तुरंत ठीक कर देते हैं। हमारे गांव में ऐसी चीज़ें कम नहीं होतीं, पर अब तू डर मत।" उसकी आवाज़ में ऐसे स्नेह का स्वर था कि Deepti का दिल थोड़ा सा भर आया–कहने जैसा मालूम हुआ कि अभी भी दुनिया में ऐसी मौजुदगी है।

लड़की उपकृत भाव से हाथ में कटोरे लिए आई। उसका चेहरा जरा-सा तन गया था, पर उसकी आँखों में चिंता की चमक थी जो Deepti के लिए अनजानी जलन का कारण बन गई। जब उसने रुद्र के पास झुककर धीरे-धीरे जूते-चप्पल निकाले, तो उसकी उंगलियाँ झिझकते हुए भी नर्म थीं। उसने जूते संभाले और पाँवों की तरफ़ झुककर गर्म पानी को चोट पर सावधानी से डालने लगी।

दीप्ति ने वह दृश्य देखा–उस लड़की की कोमलता, उसकी सावधानी, और रुद्र के आगे बढ़ते शरीर के साथ जो नज़दीकियाँ बन रही थीं। दिल के अंदर किसी जगह कुछ जल्दबाज़ी से जल उठी। उसे लगा मानो रुद्र का दायरा उस लड़की की ओर कुछ पल के लिए खिसक गया हो–एक छोटी-सी छाया जो दिल में चुभ गई।

लड़की ने पानी की थोड़ी-सी धार रुद्र की चोट पर डाली। पानी की भाप में रुद्र की त्वचा पर खून की लाल लाइनें चमकीली दिखाई दीं। उसकी आँखों में हल्की सी पीड़ा झलक रही थी पर वह धीरे से चुप रहा। लड़की ने अपने दुपट्टे का किनारा फाड़कर एक टुकड़ा बनाया और अपनी नर्म उंगलियों से उसे कसकर रुद्र की पांव की कट्टी पर बाँधने लगी। उस कसाई के बीच उसकी नज़ाकत और सहानुभूति दोनों झलक रही थीं।

दीप्ति के अंदर कुछ टूटता हुआ अहसास आया—यह अपनापन, यह सहजता, जिसने न चाहते हुए भी रुद्र की तरफ़ कुछ और करीब ले लिया। उसने खुद से कहा, यह सिर्फ़ एक मदद है... पर फिर भी क्यों लगता है जैसे उसे मेरा कोई अधिकार छीन लिया गया हो।

रुद्र ने आँखें बंद कर लीं। उसकी साँसें अनियमित थीं। उसे पता भी नहीं था कि लड़की ने उसके जूते उतार दिए या कि उसके पाँव पर ढँका गया कपड़ा कितना कसकर बँधा है। वह थकावट में डूबा हुआ था—उस थकावट में वही पुरानी पीड़ा भी घुली हुई थी, जो उसे अंदर से कुचलती थी।

लड़की ने नरम सी आवाज़ में कहा, “जनाब, थोड़ा धैर्य रखिए। मैं ठीक से बाँध दूँगी। आपको जल्द ठीक होना होगा।” उसकी आवाज़ में कोई दिखावा नहीं था—सच्ची सादगी और देखभाल थी।
मुँह से निकली उस सादगी ने Deepti को और भी भीतर तक झकझोर दिया। दीप्ति को अचानक अपने भीतर का लालच और भय दोनों साथ में खड़े दिखे—लालच क्योंकि वह चाहती थी कि वही हाथ केवल उसकी ही देखभाल करे; भय क्योंकि वह देख रही थी कि रुद्र की दुनिया कितनी एक बार फैल चुकी है।

रुद्र ने अचानक अपनी आँखें खोलीं और लड़की की ओर देखा। उसकी निगाहों में किसी तरह की नरमी और धन्यवाद का भाव था—पर वह कुछ कहने से पहले ही चुप हो गया। उसे क्या कहना चाहिए था? शब्द बेअसर थे।
रुद्र ने हल्की मुस्कान के साथ पूछा, “तुम्हारा नाम...?”
लड़की ने झिझकते हुए अपनी पलकों को झुकाया और धीरे से कहा, “आसमा।”

लड़के—जो अभी थोड़ी उम्र का था—उत्सा हत उत्सुकता से करीब आया और पूछा, “क्या आप ठंडे नहीं हो रहे? माँ, चाय जल्दी बना दो।” उसकी मासूमियत की आवाज़ ने सारी टेढ़ी भावनाओं को कुछ पल के लिए हल्का कर दिया—मानो समय की गहरी लकीरें थम्म सी गईं।

माँ ने मुस्कुराकर कहा, “बिल्कुल, चाय बना रही हूँ। तुम बाहर तेल दिया लो, लगेगा काम का।” वह अपने तरीके से मुमकिन मदद कर रही थी—अपनापन दे रही थी जहाँ अनहोनी और खौफ़ ने उनके कदम्म पर दस्तक दी थी।

रुद्र जब जमीन पर बैठा, उसके चेहरे पर अब थोड़ी राहत की परत आई। उसकी साँसें धीरे होने लगीं। दीप्ति ने उसके हाथों को देखा—वे अभी भी कठोर और घावों से कटे हुए थे, पर उन हाथों की उँगलियाँ अब भी जैसे किसी ने जीवन में बेड़े रखे हों, हमेशा के लिए तैयार।

लड़की ने चुपके से रुद्र की आँखों में देखा—उस नजर में कुछ अनकहा था। वह धीरे से मुस्कुराई और कहा, “आज आपने हमारी मेज़बानी ठुकराई नहीं।” उसकी आवाज़ में गर्व और स्नेह का मिश्रण था।
Deepti ने चुपचाप सिर हिलाया, पर उसके भीतर का असमंजस और गहराता जा रहा था। उसने खुद को याद दिलाया—यहाँ अपनापन है, पर यह सिर्फ़ कुछ पलों का ठहराव है। रुद्र की दुनिया जटिल है, और वह उसके साथ ही है।

आँगन में बहती हल्की हवा, चाय की भाप, और उस साधारण परिवार का अपनापन—सब मिलकर एक ऐसा माहौल बना रहे थे जो Deepti के दिल में उलझन और सुकून दोनों छोड़ गया।

सूरज अब पूरी तरह आसमान में उठ चुका था। पहाड़ों की ठंडी हवा

में हल्की गर्माहट घुल रही थी, और जंगल की नमी धीरे-धीरे मिट रही थी। Rudra और Deepti ने उस छोटे मुस्लिम परिवार का आभार व्यक्त किया और विदा लेने के लिए उठ खड़े हुए।

आँगन में खड़ी आसमा ने मुस्कुराते हुए हाथ में तांबे की प्याली दी और पहले ही कदम से उन्हें थाम लिया, जैसे कह रही हो, "थोड़ा बैठिए, यह चाय आपके थके शरीर और मन दोनों को राहत देगी।" चाय की खुशबू में ताज़गी और हल्का-सा मसालों का स्वाद था, जो हर घूँट के साथ दिल और दिमाग को मंत्र-मुक्त कर देने वाला असर डालता था। Rudra ने प्याली उठाई और धीरे-धीरे चुस्की ली–गर्माहट और मसालों की हल्की तीखापन उसकी थकान को कुछ पल के लिए भुला देने लगा। Deepti ने भी प्याली उठाई और पहला घूँट पीते ही उसकी आँखों में हल्का-सा चमक आया। चाय की हर बूंद मानो सुबह की ठंडी हवा में बसी धूप की तरह शरीर को जगा रही थी, और उस छोटी सी दावत ने दोनों के मन में शांति और अपनापन भर दिया।

"आप लोग आगे बढ़िए, पर ध्यान रखिए। जंगल अब भी खतरनाक हो सकता है," आसमा ने हल्की हंसी के साथ कहा। उसकी आवाज़ में वो अपनापन था जो Deepti के दिल को छू गया। Deepti ने नज़रें झुकाईं, लेकिन Rudra की तरफ़ बार-बार देखती रही।
छोटे भाई ने भी उन्हें विदा किया, उसकी मासूमियत ने उस सुबह की गंभीरता को कुछ पल के लिए हल्का कर दिया। माँ ने दूर से उनका हाथ हिलाया और आशीर्वाद दिया। Rudra ने सिर हिलाकर जवाब दिया, Deepti ने भी हल्की मुस्कान दी।

जंगल के रास्ते से नीचे उतरते हुए, Rudra और Deepti के कदम अब धीरे-धीरे शहर की तरफ़ बढ़ रहे थे। रास्ते के दोनों ओर हरियाली की नरम छाँव, पत्थरों पर पड़े ओस के मोती और हवा में उड़ती

धूल–सब कुछ जैसे उनके दिल को कुछ पल की राहत दे रहा था। Deepti ने पहली बार महसूस किया कि रुद्र के साथ इस सफ़र में भय के बीच भी कुछ सुकून मौजूद है।

थोड़ी देर में उन्होंने शहर की ओर बढ़ते हुए अपना Guest House देखा। Taj Hotel, Room 122, जहाँ वे पहले ठहरे थे, धीरे-धीरे उनकी नजरों में आ गया। कमरे की खिड़कियों से सूरज की किरणें अंदर घुस रही थीं। ठंडी हवा अब धूप के साथ मिलकर हल्की गर्माहट बना रही थी।

कमरे में पहुँचते ही Rudra ने अपनी थकान मिटाने के लिए नहाने जाने की तैयारी की, और Deepti चुपचाप बिस्तर पर बैठ गई। कमरे में अभी तक वही सन्नाटा था, पर Deepti के मन में हजारों सवाल उमड़ रहे थे। उसने देखा Rudra का चेहरा अब भी थका हुआ, पर उसकी आँखों में वह वही गहरी गंभीरता थी।

Deepti ने अपने हाथों को घुटनों पर टिका लिया, सांसों को थामकर। वह जानती थी कि Rudra के भीतर की दुनिया बहुत जटिल है। उसी समय उसने महसूस किया कि जंगल और शहर के बीच का यह छोटा सा ठहराव उनके रिश्ते में कुछ नया जोड़ रहा है–एक नज़र, एक पल की मुस्कान, या सिर्फ़ सुकून की छाया।

Rudra ने नहाने के बाद कमरे का दरवाज़ा धीरे से खोला। उसके बाल अब भी गीले थे, और पानी की बूंदें उसकी पीठ पर हल्की-हल्की चमक रही थीं। Deepti बिस्तर पर बैठी थी, उसके हाथ घुटनों पर जकड़े हुए और आँखों में भरे सवालों की बरसात थी।

जैसे ही Rudra कमरे में आया, Deepti अचानक अपनी भावनाओं

को रोक नहीं पाई। उसकी आँखों में आँसू थे, आवाज़ में कांप थी, और दिल की बेचैनी इतनी थी कि वह तुरंत सवालों की झड़ी लगा बैठी–"Rudra... उन्होंने... उन्हें... क्यों मारा? पुलिस ने क्यों तुम्हें पकड़ने की कोशिश की? तुम्हारा शांत और सरल स्वभाव देखकर... तुम्हारे पास यह हथियार... यह Gun कहाँ से आई?"

Rudra ने थोड़ी देर चुप रहकर उसे देखा। उसकी आँखों में गंभीरता थी, पर साथ ही हल्की नरमी भी झलक रही थी। Deepti की आँखों से आँसू बह रहे थे, और उसका दिल जोर-जोर से धड़क रहा था। वह अपने हाथों को बिस्तर पर दबाकर चिल्लाई, "Rudra... मुझे बताओ... मुझे सब सच-सच बताओ! क्यों... क्यों सब हुआ?"

Rudra ने खामोशी से कमरे की ओर देखा। Gun अभी भी टेबल पर रखी थी, अभी-अभी नहाने से पहले निकाल कर रखी थी। वह जानता था कि Deepti के सवालों का कोई सीधा जवाब नहीं है–वह सब कुछ बताने के लिए शब्दों से बहुत कम था।

Deepti की साँसें तेज़ हो रही थीं। उसकी आँखों में डर, प्यार और चिंता का मिश्रण था। वह जोर-जोर से रो रही थी, और Rudra की तरफ़ बार-बार देख रही थी। उसकी आवाज़ में इतनी तड़प थी कि कमरे की खामोशी भी कांप उठी–"Rudra... मुझे बताओ! मैं सब जानना चाहती हूँ... तुमने यह सब क्यों किया?"
Rudra ने एक गहरी साँस ली। उसकी आँखों में जंगल की रात, भेड़ियों का हमला, और अपने परिवार के लिए किया गया हर खतरनाक कदम झलक रहा था। Deepti की तरफ़ उसकी निगाहें टिक गईं–उसके आँसू, उसका डर, उसका प्यार–सब कुछ उस पल में उसे अंदर तक झकझोर रहा था।

Deepti ने हाय-ओह की तरह कहा, "तुमने यह सब क्यों किया... क्या तुम्हें डर नहीं लगता? क्या यह सही है?" उसकी आवाज़ में डर और गुस्सा दोनों थे, पर उसका प्यार Rudra के लिए साफ़ दिखाई दे रहा था।

Rudra ने धीरे से अपनी आँखें Deepti की आँखों में डाली। उसने अपने होंठों को हल्का सा हिलाया, और फिर पूरी खामोशी में बस एक लाइन बोली–

"कभी-कभी सच बताना खतरे से बड़ा हो जाता है।"

Deepti की आँखें उसकी इस छोटी सी लाइन पर ठहर गईं। कमरे की खामोशी में बस उनकी साँसें और दिल की धड़कनें सुनाई दे रही थीं। Rudra की गंभीरता, उसकी खामोशी, और यह एक छोटा सा जवाब–सब कुछ Deepti के दिल में एक गहरी छाप छोड़ गया।

# सफ़र ज़वाब की ओर

# 4 सफ़र ज़वाब की ओर

सुबह का पहला उजाला मसूरी की घाटियों में फैल रहा था। ताज होटल के कमरे की खिड़की से हल्की धूप अंदर छनकर फर्श पर पड़ रही थी। कमरे में एक अजीब-सी खामोशी थी, जैसे कुछ बड़ा होने वाला हो। रूद्र खिड़की के पास खड़ा था, उसकी आँखों में गंभीरता और रहस्य दोनों झलक रहे थे। दीप्ति अपने बैग की पैकिंग कर रही थी, लेकिन उसके मन में सवालों का तूफान था।

"जल्दी अपना सामान पैक करो, दीप्ति... हमें यहाँ से निकलना है।" रूद्र की आवाज़ में दबाव और सुरक्षा दोनों झलक रहे थे।

दीप्ति पलटी और पूछी, "कहाँ जा रहे हैं? और मुझे क्यों नहीं बता रहे?"

रूद्र की आँखों में आधी झिलमिलाहट थी, लेकिन उसने मुस्कान नहीं दी। "तुम्हारे सवालों के जवाब मैं बताकर नहीं, दिखाकर दूँगा।"

दीप्ति ने बैग उठाया और तैयार होने लगी। नीचे पार्किंग में कार तैयार थी। रूद्र ने इंजन चालू किया। मसूरी की घाटियों की ठंडी हवा, धुंध और हल्की धूप – सब कुछ जैसे किसी जादुई परिदृश्य का हिस्सा था।

सड़क के मोड़ और छोटे पुल, हरे-भरे पेड़, और घुमावदार रास्ते – सब कुछ जैसे किसी चित्रकला का हिस्सा हो। दीप्ति चुपचाप पीछे बैठी

थी। डर और उत्सुकता उसके चेहरे पर स्पष्ट थे। रूद्र ने गहरी सांस ली, जैसे वह खुद को तैयार कर रहा हो कि अब वास्तविक सफ़र शुरू होने वाला है।

रास्ता लंबा और पेचीदा था। नदी पार करते हुए, पहाड़ों के बीच से गुजरते हुए, दीप्ति धीरे-धीरे नींद में चली गई। रूद्र ने देखा कि उसके चेहरे पर आराम और विश्वास दोनों झलक रहे थे। इस दृश्य ने रूद्र के अंदर एक अजीब संतोष पैदा किया, लेकिन उसके मन का अतीत उसे चैन नहीं लेने दे रहा था।
संध्या के करीब पाँच बजे तक दीप्ति ने नींद से आंखें खोलीं। पिछली रात की थकान अब गायब थी और शरीर में ताजगी का एहसास था। उन्होंने देखा कि कार नदी के किनारे एक घाट पर खड़ी है। हल्की ठंडी हवा, पानी की कल-कल और चारों ओर हरियाली – सब कुछ शांत और मंत्रमुग्ध कर देने वाला था।

रूद्र ढाबे से खाना पैक करवा रहा था। लौटकर कार में आया और दीप्ति से पूछा, "हम कहाँ हैं?"

दीप्ति ने हल्की चिंता में कहा, "कहाँ हैं हम?"

रूद्र मुस्कुराए बिना बोला, "अभी बहुत रास्ता बाकी है, दीप्ति... जवाब अभी अधूरा है।"

दोनों ने खड़े होकर खाना खाया। वातावरण में पहाड़ियों का सौंदर्य, हवा की ठंडक, और नदी की मधुर आवाज़ – सब कुछ रोमांचक और मन को लुभाने वाला था। दीप्ति को यह क्षण कुछ अलग महसूस करा रहा था, जैसे प्रकृति ने उसे अपने सौंदर्य से गले लगा लिया हो।

रूद्र ने GPS खोला और Chhindwara, Madhya Pradesh सेट किया। फिर उसने दीप्ति से कहा, “तुम ड्राइव करो, मैं थोड़ी देर आराम करता हूँ।”

दीप्ति ने गाड़ी पकड़ ली। रात का सफ़र शुरू हुआ। घुमावदार पहाड़ी रास्ते, कच्ची और उबड़-खाबड़ सड़कें। रूद्र पास की सीट पर आधी नींद में था, लेकिन उसकी साँसें और चेहरे की गंभीरता बताती थी कि मन कहीं गहरे अतीत में है।
रात भर ड्राइव। पहाड़ियों के बीच कच्ची सड़क, घाटियों में हल्की धुंध, और दूर से बहती नदियाँ। दीप्ति पूरी रात जागी रही। वह हर मोड़ पर सावधानी से गाड़ी चलाती। रूद्र पास की सीट पर सो रहा था, लेकिन उसकी शांति और गंभीरता यह स्पष्ट कर रही थी कि अब रहस्य का खुलासा होने वाला है।

कभी-कभी सड़क के किनारे गहरी घाटियाँ और उबड़-खाबड़ रास्ते दीप्ति की धड़कनों को तेज कर देते। लेकिन उसका साहस और जिज्ञासा बढ़ती रही।

सुबह के करीब तीन बजे, दीप्ति ने चिंदवाड़ा शहर के नज़दीक कार रोकी। रूद्र अब पूरी तरह जाग चुका था। दीप्ति ने पूछा, “अब कहाँ जाना है?”

रूद्र गंभीर था, “बस एक घंटे की और ड्राइव... वहां तुम्हें सब दिखाऊँगा।”

आधे घंटे बाद एक टूटा हुआ बोर्ड दिखा – “देवगढ़ गाँव में आपका स्वागत है।” दीप्ति हैरान रह गई। वह पहाड़ों के बीच बसे इस पुराने गाँव को देख रही थी – सूरज की पहली किरणें धीरे-धीरे देवगढ़ के

पहाड़ी गाँव पर पसर रही थीं। हल्की धुंध के बीच, चारों ओर हरियाली और पेड़ों की हरी चादर ने गाँव को एक शांत और जादुई वातावरण दे रखा था। हवा में मिट्टी और फूलों की खुशबू घुली हुई थी, और पक्षियों की मधुर चहचहाहट ने सुबह को जीवन से भर दिया। दीप्ति ने खिड़की से झाँककर देखा, तो गाँव के छोटे-छोटे घर, उनके सामने फैले खेत और घास से ढके रास्ते उसे मंत्रमुग्ध कर गए। हर घर के पास आम और नीम के पेड़ खड़े थे, जिन पर सुबह की रोशनी पड़ते ही हल्का सुनहरा रंग छाया। छोटे बच्चे नंगे पाँव दौड़ते हुए गाय और बकरियों की ओर भाग रहे थे, और कुछ महिलाएँ अपने रंग-बिरंगे साड़ियों में हँसती-खेलती, सुबह के कामों में व्यस्त थीं।

दीप्ति ने देखा कि गाँव का जीवन कितना सरल और शांत है। महिलाएँ मिट्टी से बने कुएँ से पानी भर रही थीं, हाथ में तांबे की लोटियाँ लिए। कुछ बुजुर्ग चौपाल पर बैठकर आपस में बातें कर रहे थे, और ग्रामीणों की दिनचर्या जैसे प्रकृति की लय से जुड़ी हुई थी। धूल भरी गलियों में हल्की रोशनी का खेल और घरों की छतों पर सूखी हुई घास का प्राकृतिक सौंदर्य, हर चीज़ को जैसे जीवंत कर रहा था।

दीप्ति ने गहरी सांस ली और इस शांत वातावरण में अपने दिल को आराम देने की कोशिश की। उसे गाँव की सादगी और प्राकृतिक सौंदर्य देखकर अजीब सा सुकून मिला। वहाँ की हल्की ठंडी हवा उसके गालों को छू रही थी, और हल्की सूर्य की किरणें उसके चेहरे पर पड़ते ही गर्माहट का एहसास दे रही थीं। वह सोच रही थी कि ऐसे छोटे गाँव में भी जीवन की कितनी शांति और सुंदरता हो सकती है।

रास्ते पर किसान हल्के बैल-गाड़ी से खेतों की ओर जा रहे थे, और रास्तों के किनारे बचे हुए फूल और जंगली घास ने वातावरण को

और भी जीवंत बना दिया था। गाँव की गलियाँ संकरी थीं, लेकिन हर मोड़ पर गाँव के बच्चों की हँसी और गाय-बकरी का मीठा बकरियाना संगीत वातावरण में एक अलग ही ऊर्जा भर रहा था। दीप्ति ने महसूस किया कि यहाँ का जीवन शहर की भागदौड़ और शोर से बिल्कुल अलग, प्रकृति और शांतिपूर्ण जीवन से भरा हुआ है।यहाँ की सुबह, गाँव की हल्की धूप, बच्चों की हँसी और महिलाओं के काम – सब उसे एक नई दुनिया की अनुभूति दे रहे थे, जिसमें उसे रूद्र के रहस्यों और उनके अतीत की झलक भी दिख रही थी।
गाँव के चौक पर रूद्र कार रोकता है। वह पास के बुजुर्ग से पूछता है, “चाचा, किले तक जाने का रास्ता साफ-सुथरा है ना?”
बुजुर्ग मुस्कराया और हाँ में सिर हिलाया।
दीप्ति ने गहरी सांस ली। सुबह की ठंडी हवा में उसके शरीर और मन में ताजगी का एहसास हुआ।

रूद्र दीप्ति को किले की टूटी हुई मीनार पर ले जाता है। सूरज अब पहाड़ों के पीछे से निकल चुका। नीचे पूरा गाँव सुनहरी रोशनी में नहा रहा था। हवेलियाँ, गलियाँ, खेत – सब कुछ शांत और रहस्यमयी।

चुप्पी छा जाती है। रूद्र धीरे-धीरे दीप्ति की ओर देखता है और कहता है –

“मेरा नाम रूद्र नहीं, कबीर है, दीप्ति।”

# रूद्र की ज़ुबानी

# 5 रूद्र की ज़ुबानी

कहते हैं कि हर इंसान अपने अतीत से बना होता है, और मेरा अतीत... देवगढ़ की मिट्टी में दफ़्न है।
सतपुड़ा की पहाड़ियों के बीच बसा ये गांव – देवगढ़ – किसी कहानी की किताब से निकली तस्वीर जैसा लगता है। चारों ओर फैले जंगल, जिनमें सुबह की पहली किरणें ऐसे गिरती हैं जैसे किसी देवता की आशीष हो। पहाड़ियों के बीच बहती छोटी नदियाँ, बांस और साल के पेड़, और हर सुबह उठती मिट्टी की वो सोंधी खुशबू... आज भी मेरे ज़ेहन में जिंदा है।

पर इस खूबसूरती के पीछे एक ऐसा सच छिपा है, जो अक्सर बाहर वालों को दिखाई नहीं देता। यह गांव जितना सुंदर है, उतना ही रूढ़िवादी भी है। आजादी के इतने साल बाद भी यहां विकास बस सरकारी भाषणों में ही सुनाई देता है। सड़कें टूटी हुई हैं, स्कूल अधूरे हैं, और पंचायत के फैसले आज भी लोगों की ज़िंदगियाँ तय करते हैं। यहां अब भी जमींदार वर्ग का राज चलता है – वही पुरानी सोच, वही पुराना डर।
कभी-कभी लगता है जैसे वक्त यहां ठहर गया हो।

मैं... क़बीर,तुम्हारा...रूद्र। मेरा जन्म इसी गांव में हुआ था।
पिताजी सरकारी स्कूल में अध्यापक थे – सख्त, पर ईमानदार। उन्होंने अपनी गरीबी और मजबूरी को कभी हमें तोहफ़े की तरह नहीं थमाया। कहते थे, “ईमान और मेहनत, बेटा – यही आदमी की असली पहचान है।”

मेरी मां, एक साधारण देहाती औरत थीं, जिनकी हथेलियों में मिट्टी की खुशबू बसती थी। सुबह-सुबह वो आंगन लिपतीं, और तुलसी के पौधे के आगे दिया जलातीं। उनकी मुस्कान में एक शांति थी... जैसे हर दर्द को पहले ही माफ़ कर दिया हो।
हमारा छोटा-सा घर गांव के नाके पर था – खुला चौक वाला, बीच में मिट्टी से लिपा आंगन और उसी के बीच तुलसी का पौधा। बरसातों में उस पौधे के पत्तों पर जो बूँदें ठहरती थीं, वो मुझे हमेशा किसी उम्मीद की तरह लगतीं।

मेरी एक छोटी बहन थी – गीतांजलि।
हम सब उसे प्यार से "गीता" बुलाते थे।
गीता मेरी दुनिया थी... नटखट, ज़िद्दी, पर दिल की बहुत कोमल।
जब वो हँसती थी न, तो घर की दीवारें भी जैसे मुस्कुराने लगतीं।
बाबा अक्सर कहते, "हमारी गीता तो मां सरस्वती का वरदान है।"
वो पढ़ाई में अच्छी थी, और उसके सपने गांव की सरहदों से कहीं बड़े थे।
वो कहती थी, "भइया, मैं भी टीचर बनूँगी... बिलकुल बाबा जैसी।"

वक़्त गुजरता गया।
मैं बारहवीं में पहुंच गया था, और गीता दसवीं में। हमारी ज़िंदगी छोटे-छोटे सपनों से सजी थी – कभी खेतों के रास्ते से स्कूल जाना, कभी आम के बगीचे में खेलना, तो कभी छत पर बैठकर तारे गिनना। मां हर शाम तुलसी के पास दीया जलातीं, और हम दोनों भाई-बहन उनके पास बैठकर कहानियाँ सुनते। बाबा गांव के बच्चों को मुफ्त में ट्यूशन पढ़ाते थे, और पूरा गांव उन्हें "मास्टर जी" कहकर इज़्ज़त देता था।
हमारी ज़िंदगी सादगी से भरी थी... और शायद इसी सादगी ने हमें आने वाले तूफान के लिए तैयार नहीं किया था।

वो एक साधारण सी शाम थी... पर मेरे जीवन की सबसे असाधारण शाम बन गई।
उस दिन गीता अपनी सहेली नंदिनी के साथ पड़ोसी गांव में एक शादी में गई थी। उसने मुझसे कहा था,
"भइया, देर नहीं होगी, शाम तक लौट आऊँगी।"
मैंने बस हँसकर कहा, "ठीक है, लेकिन मां से झूठ मत बोलना।"
वो मुस्कुराई और चली गई।

शाम ढलने लगी।
सूरज पहाड़ियों के पीछे उतर गया था और आसमान में हल्का धुआँ-सा नीला रंग फैल गया था। मां बार-बार घर के बाहर आकर रास्ता देखतीं।
"अभी तक नहीं आई?" उन्होंने पूछा।
मैंने कहा, "शादी है मां, शायद नाच-गाना चल रहा होगा।"
पर मन में हल्की बेचैनी थी।

रात होने लगी और गीता नहीं लौटी।
मां की आँखों में डर उतरने लगा। उन्होंने मुझसे कहा, "जा बेटा, नंदिनी के घर देख आ।"
मैं दौड़ पड़ा। नंदिनी के घर पहुंचा तो उसके पिता चौखट पर बैठे थे।
मैंने पूछा, "चाचा, गीता कहां है?"
उन्होंने चौंककर कहा, "अरे वो तो दोपहर में ही वहाँ से लौटकर आ गई थी, पेट दर्द बता रही थी।"
मैं सन्न रह गया।
पड़ोसी गांव यहां से बस आधे घंटे की पैदल दूरी पर है... फिर गीता अब तक घर क्यों नहीं पहुंची?

उस रात जैसे पूरा गांव जाग गया था।

कुछ लोग लालटेन लेकर खेतों की तरफ निकले, कुछ ने जंगल की ओर रास्ते खंगाले।
मैं हर आवाज़ पर चौक पड़ता – हर झाड़ी में उम्मीद तलाशता।
“गीता!” मैं बार-बार पुकारता, लेकिन जवाब में बस सन्नाटा लौट आता।

सुबह होने लगी थी।
आसमान में हल्की सुनहरी रोशनी फैल रही थी, पर हमारे घर के अंदर अंधेरा और गहरा हो गया था।
मैं,पापा और हमारे पड़ोसी माधो चाचा मोहेखेड़ा थाने पहुंचे।
थानेदार ने लापरवाही से कहा, “लड़की होगी, किसी के साथ भाग गई होगी... हम खोज लेंगे, जाओ घर।”
मैंने गुस्से में कहा, “मेरी बहन ऐसी नहीं है!”
पर उसने बस मुस्कराकर सिगरेट सुलगा ली।

हम घर लौट आए, पर घर अब घर नहीं रहा था।
हर कोना जैसे गीता की आवाज़ ढूंढ रहा था।
मां चौखट पर बैठी थीं, उनकी आँखें सूख चुकी थीं।
पापा चुप थे, बहुत चुप। उन्होंने कुछ नहीं कहा – बस आसमान की ओर देखा और बुदबुदाए,
“भगवान... मेरी बेटी को वापस ला दे।”

उस दिन देवगढ़ की सुबह पहले जैसी नहीं थी।
पहाड़ियों पर धुंध ज़रूर थी, पर मेरे दिल में जो धुंध छाई – वो कभी नहीं छटी।

सुबह के नौ बजे होंगे। सूरज की रोशनी अब देवगढ़ की गलियों में उतर चुकी थी।

पर मेरे घर में उस सुबह कोई रोशनी नहीं थी। बस अंधेरा,चीखें और टूटी हुई उम्मीदों की गूंज थी।
हमारे छोटे से आंगन में गांव के लोग जुटे थे – कोई मां को संभाल रहा था, कोई पिताजी को पानी पिला रहा था।
मां का रोना किसी शोकगीत की तरह गूंज रहा था – जो हर उस दीवार से टकरा कर लौट रहा था, जहां कभी गीता की हँसी गूंजी थी।

मैं आंगन के कोने में बैठा था, निगाहें खाली... जैसे मेरी आँखों ने देखना छोड़ दिया हो।
तभी गांव का एक लड़का, हीरा, हांफता हुआ आया – "रूद्र भइया... पहाड़ी के उस पार, पड़ोस के गांव जाने वाले रास्ते के पास बने कुएं में... कोई है। लगता है कोई औरत है..."
उसके शब्द हवा में तैरते हुए मेरे सीने पर आकर गिरे।
मां ने चीख मारी – पिताजी का चेहरा पत्थर हो गया।
मुझे लगा मेरे पैरों के नीचे की मिट्टी फिसल गई है।

हम सब नंगे पांव भागे – कोई कुछ नहीं बोला, बस भागे जा रहे थे। कुएं के चारों ओर गांव के लोग जमा थे। हवा में अजीब-सी गंध थी – पानी और मौत की गंध।
माधव चाचा ने रस्सी बांधी और नीचे उतरे। कुछ पल बाद ऊपर आए – और रस्सी के सहारे खींचा गया एक निर्जीव शरीर...
वो मेरी गीता थी।

मेरी सांस जैसे वहीं रुक गई।
दुनिया की हर आवाज़ अचानक गायब हो गई – बस एक सन्नाटा, जिसमें मेरी रूह चीख रही थी।
वो गीता... जो कल तक मेरे गले लगकर हँसती थी, आज मिट्टी से लथपथ थी।

मैं बस देखता रहा। कुछ कह नहीं पाया।
मां ने उसके पैर पकड़ लिए – "उठ जा गीता... देख मैं आ गई हूं... उठ जा..."
और बाबा... बाबा बस आसमान की तरफ देख रहे थे।
उनकी आँखों से आँसू नहीं निकले – शायद भीतर सब सूख चुका था।

गांव के लोग उसे उठाकर हमारे घर लाए।
कंपाउंडर को बुलाया गया – उसने नाड़ी देखी, फिर बोला, "अब नहीं रही।"
जैसे ये कोई सामान्य बात हो।
पर वो वाक्य मेरे दिल पर किसी हथौड़े की तरह गिरा।

मैंने गीता का चेहरा देखा – उसका माथा फटा था, होंठ सूजे हुए, बाल मिट्टी से सने हुए।
मैंने खुद को संभाला, और बाबा से कहा, "हमें इसे अस्पताल ले जाना होगा, रिपोर्ट दर्ज करवानी होगी।"
बाबा बस सिर हिलाते रहे – जैसे किसी और लोक में चले गए हों।

हम मोहखेड़ा अस्पताल पहुंचे।
डॉक्टर ने कहा, "ये हत्या है। सिर पर भारी चीज़ से चोट लगी है।"
पुलिस ने FIR दर्ज की, पर पुलिस का चेहरा देखकर ही समझ गया – उनके लिए ये बस एक और केस था।
एक और लड़की, एक और मौत।

दूसरे दिन गीता की अर्थी तैयार की गई।
जब मैंने उसे कंधा दिया, तो देखा... उसकी चिता के नीचे से कुछ लाल बूँदें मिट्टी में रिस रही थीं।
वो मेरे बचपन की आखिरी निशानी थी, जो आग में बदल रही थी।

तीन दिन तक पोस्टमार्टम रिपोर्ट का इंतज़ार रहा।
घर के बाहर अगरबत्तियाँ जलती रहीं, रिश्तेदार आते रहे, और मां कभी होश में, कभी बेहोश होती रहीं।
मैं उनके पास बैठा रहा, पर भीतर एक आग सुलग रही थी – वो आग, जो अब बुझने वाली नहीं थी।

उस शाम मैं चुपचाप आंगन के कोने में बैठा था।
मां धीरे-धीरे रो रही थी, और बाबा बस दीवार की ओर देख रहे थे।
अचानक कोई दरवाज़ा खटखटाया –
नंदिनी थी।
वही नंदिनी, जो गीता के साथ उस दिन शादी में गई थी।

वो मुझे देखती ही फूट-फूटकर रो पड़ी।
"भइया... माफ कर दो... मुझसे बहुत बड़ी गलती हो गई..."
मुझे आपको सच बता देना चाहिए था...!
उसके शब्दों में डर, पछतावा और बोझ सब मिला हुआ था।
मैंने उसे अंदर लाकर कहा, "बोल, क्या हुआ था उस दिन?"

उसने रोते हुए कहा –
"भइया, हम दोनों दोपहर में ही लौट रहे थे। ठाकुर भैरव सिंह का बेटा विजय सिंह वहां अपनी जीप में था। बोला – 'बैठ जाओ, छोड़ देता हूं।'हमनें गांव का आदमी समझकर शक नहीं किया। गाड़ी में दो और आदमी पहले से बैठे थे।
पर आधे रास्ते में उसने गाड़ी मोड़ी – फार्महाउस की तरफ।
गीता ने कहा, 'हमें यहीं उतार दो', पर उसने दरवाज़ा बंद कर दिया।
गीता डर गई... मैं भी।"

फिर वो रुकी, उसकी आवाज़ कांपने लगी।

"भइया... गीता भागने लगी थी... पर उसका दुपट्टा गाड़ी में फँस गया... और उन्होंने उसे पकड़ लिया... मैं भागकर झाड़ियों में छिप गई... मैं चीखना चाहती थी, पर आवाज़ नहीं निकली... तीन घंटे तक मैं वहीं थी..."

उसकी आंखों से आंसू झर रहे थे।

"उन्होंने... उसे बहुत मारा... फिर...गीता चीख रही थी,हाथ जोड़ कर बोल रही थी मुझे छोड़ दो...फिर गाड़ी में डालकर चले गए। मैं डर गई थी, भइया... मैं कुछ नहीं कर पाई..."

वो फूट-फूटकर रो रही थी।

मैं बस सुनता रहा।

हर शब्द मेरे भीतर एक ज्वालामुखी की तरह फूट रहा था।

मैं कुछ बोल नहीं पाया।

सिर्फ उसके कांपते हुए कंधों पर हाथ रखा और कहा, "जा... अब तू सुरक्षित है।"

पर मैं जानता था – कोई सुरक्षित नहीं था।

उस रात नींद नहीं आई।

हर पल बस वही आवाज़ – गीता की चीखें, नंदिनी की सिसकियाँ, और मेरी अपनी ख़ामोशी।

मैंने तय किया कि कल पिताजी को सब बताऊंगा – सच, पूरा सच।

पर अगली सुबह जब रिपोर्ट आई...

डॉक्टर ने लिखा था – "जंगली जानवर के हमले में मौत।"

मैंने कागज़ हाथ में लिया और सुन्न रह गया।

जंगली जानवर...?

कौन जानवर? वो जो जंगल में हैं, या वो जो इंसान बनकर गांवों में घूमते हैं?

कभी-कभी सोचता हूं – जंगल के जानवर तो भूख में मारते हैं, पर ये दरिंदे किस प्यास में इंसानियत को नोच डालते हैं?
इनके चेहरे पर तिलक होता है, माथे पर नाम का तेज़ और बातों में धर्म की बातें। पर भीतर... भीतर सिर्फ सड़ांध है।
ये वही लोग हैं जो दिन में पंचायत में नैतिकता की बातें करते हैं, और रात में मासूमियत की लाशें दफनाते हैं।
इनकी आंखों में लालच है, इनकी नसों में ज़हर।
और समाज?
समाज तो हर बार इनकी करतूतों पर चुप्पी ओढ़ लेता है – जैसे किसी ने उसकी ज़ुबान खरीद ली हो।
कभी-कभी लगता है कि असली गुनहगार वो नहीं जो बलात्कार करता है, बल्कि वो है जो जानकर भी मुंह फेर लेता है।
गीता जैसी हजारों बेटियां हर दिन मारी जाती हैं – किसी कुएं में, किसी खामोशी में।
मैं सोचता हूं... कब तक?
कब तक हम इन दरिंदों को 'इंसान' कहकर बख्शते रहेंगे?
शायद अब वक्त आ गया है कि कोई उनके भीतर के जानवर को पहचान ले... और उसे उसी जंगल में छोड़ दे, जहाँ उसका असली ठिकाना है।

भैरव सिंह...
देवगढ़ का सबसे बड़ा जमींदार।
उसका बेटा विजय सिंह, वही जो गीता को ले गया था।
भैरव सिंह के पास ताकत थी – ज़मीन, पैसा, और पुलिस सब उसके इशारे पर नाचती थी।
मैं समझ गया, यह रिपोर्ट खरीदी गई है।
हमारी गीता के खून से उन्होंने अपनी इज़्ज़त धो डाली।

उस रात मैं बाबा के पास गया।
मैंने उन्हें सब बताया – नंदिनी की बात, फार्महाउस, सब कुछ।
वो चुप रहे। बहुत देर तक।
फिर धीमे से बोले –
"पर गीता तो अभी बच्ची थी ना बेटा..."
बस इतना ही कहा, और उनकी आंखों से वो एकमात्र आंसू गिरा, जो शायद बचा था।

उस रात मैं छत पर बैठा रहा।
हवा में धुआं था, और मन में बदले की आग।
देवगढ़ की पहाड़ियों के उस पार, किसी फार्महाउस में, किसी के ज़मीर की लाश भी पड़ी थी।
और मैंने वहीं तय किया –
अब मैं कबीर नहीं रहूंगा।
अब मैं वो आग बनूंगा जो गीता की चिता में बुझ रही थी।
गीता के लिए...
मां के आँसुओं के लिए...
और हर उस लड़की के लिए जो इस सड़ी हुई व्यवस्था में डर-डरकर जीती है।

सूरज उग रहा था, पर मेरे भीतर अब कभी सुबह नहीं होने वाली थी।

# आग पर राख की परत

# 6 आग पर राख की परत

गीता की तेहरवीं के अगले ही दिन, मेरे घर में जैसे सब कुछ मर गया था – दीये, आवाज़ें, उम्मीदें... और सबसे ज़्यादा – मां का मन।
सुबह-सुबह मां चुपचाप आंगन में बैठी थी। सामने तुलसी के पौधे पर सूखी मिट्टी पड़ी थी, जिसे वो हर रोज़ सहेजती थी, मगर उस दिन वो बस देख रही थी – बिना हिले, बिना बोले।
शाम तक उनकी सांसें धीमी पड़ गईं। और जब मैंने उनके ठंडे हाथों को छूकर देखा, तो लगा जैसे मेरे अंदर कुछ टूट गया।
उस रात, मेरी मां चली गई... और उसके साथ मेरा बचपन भी।

गीता के जाने के बाद हम सब पहले ही टूट चुके थे, पर मां की मौत ने उस टूटन को स्थायी बना दिया।
पिताजी बस चुप रहने लगे थे। दिन में खामोश, रात में खाली बोतलों की खनक उनके साथ।
गांव के लोग कुछ दिन तक आते रहे – सहानुभूति के नाम पर घावों पर नमक छिड़कते ।
कोई कहता, “बेचारी गीता का क्या कसूर?”
कोई फुसफुसाता, “अब इस घर की छाया भी अपशकुन है।”
धीरे-धीरे सब चले गए।
हमारा आंगन, जो कभी बच्चों की हंसी से गूंजता था, अब बस सन्नाटे की आवाज़ करता था।
सन्नाटा भी अब बोझिल हो चुका था – जैसे हर दीवार गीता की चीख़ें दोहरा रही हो।

मां के जाने के एक महीने बाद, पड़ोसियों ने आना बंद कर दिया।
किसी की आंखों में हमारे लिए दया थी, तो किसी में घृणा।
लोग अब हमें "अपवित्र" मानने लगे थे।
पिताजी कहते कुछ नहीं थे, पर उनकी आंखों में हर सुबह मैं एक नया घाव देखता।
वो रोज़ थोड़ा-थोड़ा मर रहे थे।

मुझे याद है – मां के जाने के कुछ ही हफ्तों बाद, मेरे हाथ में किताब थी, 12वीं की बोर्ड परीक्षा करीब थी।
मैं पढ़ने की कोशिश करता, पर हर शब्द गीता के नाम में बदल जाता।
"भौतिक विज्ञान" की किताब खोलता तो वहां 'शून्य' लिखा दिखता – वही शून्य जो अब मेरे जीवन में था।

परीक्षा के दिन, मैं जैसे नींद में चलकर गया था।
कंधे पर पिताजी की उम्मीद थी, लेकिन दिल में खालीपन।
कॉपी में लिखे शब्द कांपते हुए निकलते थे – जैसे हर वाक्य के साथ गीता की याद टपक रही हो।
उस साल, मेरे नंबर वैसे नहीं आए जैसे आते थे – पर मैं पास हो गया।
कई लोगों ने कहा, "चलो बेटा, पास तो हो गया, जिंदगी पटरी पर आ जाएगी।"
पर वो क्या जानते थे – पटरी पर ट्रेन तभी चलती है जब इंजन में जान बची हो।
मुझमें अब सिर्फ राख बची थी, पर उस राख के नीचे कोई अंगार धीरे-धीरे सुलग रहा था।

मां के जाने के बाद पिताजी ने खुद को शराब में डुबो दिया।

हर रात वो देर से लौटते।
कभी किसी चौपाल से, कभी खेतों से, कभी नशे में लथपथ।
एक सरकारी अध्यापक, जो कभी बच्चों को सिखाता था कि “जीवन सबसे बड़ी पूंजी है”, अब खुद जीवन से भागने लगा था।
मैं देखता था – कैसे उनकी आंखों में आत्मग्लानि और बेबसी का समंदर है।
वो खुद को गुनहगार मानते थे, क्योंकि वो गीता को बचा नहीं सके।
पर मैं जानता था – असली गुनहगार वो नहीं थे... वो तो कहीं और थे, जो आज भी खुले घूम रहे थे।

तीन महीने बीत गए। पिताजी की छुट्टियां खत्म होने को आईं।
उन्होंने कहा, “रुद्र, अब तू नागपुर चला जा। कॉलेज में दाखिला ले। मैं स्कूल ज्वाइन कर रहा हूं।”
मैंने कुछ नहीं कहा। बस सिर झुका लिया।
शायद वो चाहते थे कि मैं इस गांव से दूर जाऊं – इस सड़ांध, इस यादों, इस कलंक से दूर।
पर उन्हें क्या पता था कि मैं जहां भी जाऊं, अपने भीतर का गांव साथ ले जाऊंगा।

नागपुर जाने की आखिरी रात मैं आंगन में खड़ा था।
वही तुलसी का पौधा अब सूख चुका था।
मां की आखिरी सांस वहीं टूटी थी।
मैंने मिट्टी को हाथ लगाया, और पहली बार ज़ोर से रोया।
शायद वही आखिरी बार था जब मैंने अपने दर्द को आंसुओं में निकाला।
उसके बाद, मैं बस खामोश हो गया।
मेरे भीतर कुछ बदल चुका था – कुछ जो शब्दों में नहीं था, पर जो मेरी हर सांस में बस गया था।

नागपुर पहुंचा तो शहर की रफ्तार देखकर अजीब लगा।
यहां किसी को किसी से फर्क नहीं पड़ता था।
भीड़ में मैं एक चेहरा मात्र था।
पर जब रात होती, और हॉस्टल की बत्ती बुझती, तो मैं फिर वही पुराना कबीर बन जाता –
गीता की चीखें सुनाई देतीं, मां की सिसकियां गूंजतीं, और मैं ठंडे पसीने में भीग जाता।
कभी लगता, कोई मुझे पुकार रहा है।
कभी महसूस होता, कोई पास आकर फुसफुसा रहा है – "भैया, मुझे इंसाफ दिलाओ..."

धीरे-धीरे मैंने अपने भीतर उस आवाज़ को दबाना छोड़ दिया।
मैंने महसूस किया कि वह डर नहीं है... वह गुस्सा है।
वह बदले की पुकार है।
वो गीता की नहीं, बल्कि मेरी आत्मा की आवाज़ थी।

क्लास में बैठता तो पढ़ाई से ज्यादा, अखबारों की खबरें पढ़ता –
हर दिन कोई "अज्ञात लोगों" द्वारा "मामूली लड़की" के साथ बलात्कार की खबर आती।
हर दिन कोई गीता मरती।

नागपुर–शहर की हलचल से थोड़ा दूर, रेल की सीटी और ट्रकों की घरघराहट के बीच, एक दोमंज़िला मकान के ऊपर का कमरा मैंने किराए पर लिया था। ऊपर की बालकनी से दिन में दूर-दूर तक फैली इमारतें दिखतीं, और रात को उनकी खिड़कियों में टिमटिमाती रौशनी। नीचे के हिस्से में रहने वाला लड़का, रॉबिन–24 बरस का, दुबला-पतला, पर चेहरे पर एक अजीब आत्मविश्वास। देखने में वो किसी शहर के बिगड़े हुए लड़के जैसा नहीं बल्कि किसी पहाड़ी गांव

का पला हुआ परिंदे जैसा था।

धीरे-धीरे मेरी उससे दोस्ती होने लगी। रॉबिन कम बोलने वाला इंसान था, मगर जब बोलता तो ऐसा लगता जैसे हर शब्द के पीछे कोई कहानी दबी हो। उसकी आंखों में एक खामोशी थी–उतनी ही गहरी जितनी मेरी। शायद इसी वजह से हमारी तरंगें कहीं न कहीं मिल गईं। मैं अपने अतीत से भाग रहा था, और वो अपने वर्तमान से। कुछ ही महीनों में मैं ऊपर के कमरे से नीचे उसके साथ रहने लगा। अब हम दोनों का खाना साथ बनता, साथ खाया जाता। कई बार जब मैं कॉलेज से थका-हारा लौटता तो रॉबिन पहले से ही खाना बनाकर रखता। उसने धीरे-धीरे मेरा किराया लेना भी बंद कर दिया। कहता, "भाई, अब तू मेरा किरायेदार नहीं, मेरा हिस्सा है।" उसकी इस बात में जो सच्चाई थी, उसने मेरे भीतर के खालीपन को थोड़ा भर दिया।

रॉबिन बहुत कम बोलता था अपने काम के बारे में। जब भी मैं पूछता, बस मुस्कुरा देता–"कबीर, कुछ बातें वक्त आने पर ही समझ आती हैं।" उसकी यह रहस्यमयी बातें मुझे कभी खटकतीं, कभी आकर्षित करतीं। सुबह मैं कॉलेज चला जाता, उसके बाद वो कहीं निकल जाता। रात में देर तक लौटता–कभी-कभी आंखों में थकान नहीं, बल्कि कोई अनजाना तनाव होता। मैंने कई बार देखा था कि वो अपने कमरे में बंद होकर घंटों लैपटॉप पर काम करता। उस कमरे में मैं कभी नहीं गया, क्योंकि वहाँ हमेशा ताला लगा रहता।

धीरे-धीरे हमारी दोस्ती भाईचारे में बदलने लगी। मेरे जन्मदिन पर उसने पहली बार मुझे शर्ट और घड़ी दी थी। उसने कभी मेरा खर्च उठाने में हिचकिचाहट नहीं दिखाई। जब कॉलेज की फीस में दिक्कत हुई, उसने बिना पूछे पैसे दे दिए। "मां होती तो देती ना," इतना कहकर मुस्कुरा देता। उस मुस्कान में जितनी संवेदना थी, उतनी ही

गहराई भी।

रॉबिन मुझे बाहर की दुनिया दिखाना चाहता था। कभी मूवी देखने ले जाता, कभी देर रात सड़कों पर चाय पीने। लेकिन उसके जीवन में मेरे अलावा कोई नहीं था–ना दोस्त, ना रिश्तेदार, ना कोई लड़की। वह खुद को एक खोल में छिपाए रखता था, और मैं धीरे-धीरे उस खोल के अंदर झांकने लगा था।

समय पंख लगाकर उड़ता रहा। तीन साल में मैंने ग्रेजुएशन पूरी कर ली। इस दौरान मैं कभी देवगढ़ नहीं लौटा। शायद वहां की हर हवा में गीता की चीखें थीं, मां की सिसकियां थीं। लेकिन पिताजी दो-तीन बार नागपुर आए। हर बार थोड़ा और झुक चुके, थोड़ा और थके हुए लगते। शराब ने उन्हें खोखला बना दिया था। वे हंसते जरूर थे, मगर आंखों में एक स्थायी नमी रहती। कहते, “बेटा, बस अब तू पास हो जा, नौकरी कर लेना, फिर गांव छोड़ देना हमेशा के लिए।”

फाइनल ईयर के इम्तहान से कुछ दिन पहले उनका फोन आया– आवाज़ में थरथराहट थी, “बेटा, ज़रा गांव आ जा... तबीयत कुछ ठीक नहीं।” उस एक वाक्य ने मेरे दिल की धड़कनें तेज कर दीं। मैंने उसी रात की ट्रेन पकड़ी। स्टेशन तक छोड़ने रॉबिन खुद आया था। उसने सिर्फ इतना कहा, “अपना ख्याल रखना भाई... और अगर जरूरत हो, तो बस एक फोन करना।”

तीन साल बाद जब मैंने देवगढ़ की मिट्टी पर कदम रखा, तो जैसे मेरे सारे घाव फिर से ताजे हो गए। वही पहाड़, वही नदी का शोर, वही सड़कों पर पसरी धूल, बस अब सब कुछ जैसे मुरझा गया था। हवा में वैसी ताजगी नहीं थी, अब उसमें एक भारीपन था–एक बोझ जो सिर्फ मुझे महसूस हो रहा था।

घर के बाहर तुलसी के ग़मले के पास मां की लगाई बेल अब सूख चुकी थी। पिता खाट पर लेटे हुए थे–कमजोर, फीके, जैसे हर सांस एक संघर्ष हो। उनकी आंखें मुझे देखकर भी नहीं चमकीं। बस होंठों से निकला, "आ गया बेटा?" और फिर वही खामोशी।

मैंने अगले सात दिन सिर्फ उनके पास रहकर बिताए। दवाइयां लाना, खाना बनाना, उनकी सेवा करना–बस यही दिनचर्या बन गई थी। एक दिन मोहखेड़ा बाज़ार से दवा लेते समय मुझे बचपन का दोस्त राजू मिल गया। वो बाबू चाचा का बेटा था–हमेशा खुशमिजाज, वही जो मां के जाने के बाद रोज मेरे लिए खाना लेकर आता था।

राजू ने बताया, "भैरव सिंह अब नहीं रहा... मर गया दो साल पहले। और उसका बेटा विजय सिंह, वो साला ग्वालियर चला गया है। सुना है शराब का धंधा करता है। जमीन बेच दी सब।"
मैं कुछ पल खामोश रहा। भीतर कहीं एक हल्की सी आग फिर भड़क उठी। गीता का नाम सुनते ही धड़कनों की गति बढ़ गई।

घर लौटकर मैंने देखा–पिताजी थोड़े बेहतर थे, मगर कमजोर। मैं उन्हें अकेला छोड़ नहीं सकता था, मगर इम्तहान भी नजदीक थे।

# कबीर की मृत्यु, रूद्र का जन्म

# 7 कबीर की मृत्यु, रूद्र का जन्म

रविवार की सुबह थी। गाँव की हवा में नमी थी, जैसे किसी अनकहे डर का संकेत दे रही हो। पिताजी की तबीयत में नाम मात्र का ही सुधार था ।मैं परेशान था–एक तरफ़ मेरे फाइनल एग्ज़ाम सिर पर थे, और दूसरी तरफ़ घर की हालत ऐसी कि किसी अनहोनी की बू आने लगी थी। उसी बेचैनी में मैंने रॉबिन को फोन लगाया।

"पापा की हालत ठीक नहीं लग रही, पर कल से मेरे एग्ज़ाम हैं," मैंने कहा।
रॉबिन ने ज़रा भी देर नहीं लगाई–"तू नागपुर आजा, मैं आज ही निकलता हूँ देवगढ़ के लिए। अंकल को अकेला मत सोच, मैं संभाल लूंगा।"

उसकी आवाज़ में जो भरोसा था, उसने मुझे कुछ पल के लिए चैन दिया। शाम ढलते-ढलते रॉबिन देवगढ़ पहुँच चुका था। चेहरे पर थकान थी, मगर दिल में वही अपनापन। जैसे भाई नहीं, साया आ गया हो। मैंने उसे पिताजी की दवाइयों और उनके खाने-पीने का पूरा ध्यान रखने को कहा। रॉबिन ने आश्वस्त किया–"अब तुम चिंता मत करो कबीर, अंकल मेरे अपने जैसे हैं, जब तक तुम नहीं लौटते, मैं इन्हें अकेला नहीं छोड़ूंगा।"

रात के करीब दस बज रहे थे जब मैं स्टेशन के लिए निकला। घर के आँगन से निकलते वक्त पीछे मुड़कर देखा–रॉबिन पिताजी के सिरहाने बैठा पानी का गिलास दे रहा था, और पिताजी उसे बेटे की

तरह देख रहे थे। शायद नियति भी उसी पल अपनी कोई कहानी लिख रही थी, जिसे मैं आने वाले दिनों में पढ़ नहीं पाऊँगा।

मैं नागपुर के लिए निकला – मन पढ़ाई में लग नहीं रहा था। गाड़ी के झटकों के साथ मेरे विचार बार-बार देवगढ़ की ओर भाग जाते। हर ठहराव पर मन कहता–कहीं रॉबिन या पिताजी का फोन तो नहीं आया? लेकिन फोन लगातार खामोश रहा।

अगले दिन मैंने पहला पेपर दिया। मन पढ़ाई में था नहीं, बस किसी तरह जवाब लिखता गया। दिन निकलते गए, और मैं एक-एक कर सातों पेपर पूरे करता चला गया। बीच-बीच में रॉबिन को फोन लगाता रहा, पर नेटवर्क की खामोशी जैसे मौत का इशारा थी। पिताजी का नंबर भी unreachable आता। कई बार मन में आया कि बीच में ही लौट जाऊँ, पर आख़िरी पेपर नज़दीक था, और मन में यह तसल्ली कि "रॉबिन वहाँ है, सब ठीक होगा।"

सातवें दिन, यानी अंतिम परीक्षा की सुबह, मैं स्टेशन के पास की एक छोटी चाय की टपरी पर बैठा था। बगल की मेज़ पर पुराने अख़बार रखे थे। मेरी आदत थी, जब भी मन भारी हो, मैं ख़बरें पढ़ लेता। उसी थकान में मैंने एक अख़बार उठा लिया। पन्ने पलटते-पलटते मेरी नज़र बीच के कॉलम पर अटक गई–
"छिंदवाड़ा ज़िले के देवगढ़ गांव में आधी रात को घर में आग लगने से पिता-पुत्र की मृत्यु"।

अगली पंक्तियाँ जैसे आग बनकर मेरी नसों में दौड़ गईं।
ख़बर में लिखा था–"पिछली रात गाँव के नाके पर बने एक छोटे से घर में आग लगने से स्थानीय अध्यापक और उनके पुत्र की जलकर मृत्यु हो गई। आग इतनी भयानक थी कि दोनों के शरीर पूरी तरह

झुलस गए। ग्रामीणों ने बताया कि दोनों वहीं अकेले रहते थे।कोई वारिश और परिवार नहीं होने के कारण ग्रामीणों और पुलिस की मौजूदगी में आज सुबह उनका अंतिम संस्कार कर दिया गया।"

मुझे लगा समय ठहर गया है। कुछ पल के लिए आँखों के आगे अंधेरा छा गया। शब्दों के पीछे की तस्वीरें साफ़ थीं–वो घर मेरा था, वो अध्यापक मेरे पिता थे, और जिसे गाँव ने "पुत्र" समझा... वो रॉबिन था।

दिल ने कहा–"अब समझा, क्यों नहीं आ रहे थे फोन!"

वो दोनों अब इस दुनिया में नहीं थे।

मैं वहीं ठिठक गया। मन रोना चाहता था पर आँसू नहीं निकले। बस एक बात गूंजती रही–"रॉबिन को सबने कबीर समझ लिया।"

और सच तो यह था–अब इस दुनिया में कबीर सचमुच मर चुका था।

शाम तक मैं देवगढ़ के लिए रवाना हुआ। ट्रेन में बैठे-बैठे मैं सोचता रहा–रॉबिन, जिसने मेरा घर संभाला, पिताजी की सेवा की, जिसने भाई से बढ़कर साथ दिया, उसी ने मेरी जगह मौत पाई। ये कैसी विडंबना थी कि जिसने मेरे लिए जीवन सँवारा, उसने मेरे हिस्से की चिता भी ओढ़ ली।

देवगढ़ पहुँचा तो गाँव में सन्नाटा था। हर रास्ता बुझा-बुझा सा लगा। मैं सीधे श्मशान पहुँचा। वहाँ की मिट्टी अब धुएँ से काली पड़ चुकी थी।

किसी को यह पता नहीं था कि "कबीर" असल में अब भी ज़िंदा था।

मैं चुपचाप चिता के पास गया–अब बस राख बची थी, राख और कुछ अधजली लकड़ियाँ। मिट्टी में उंगलियाँ गड़ाकर मैंने राख को इकट्ठा

किया और कलश में भर लिया। उस राख में मेरे पिता का शरीर था, और रॉबिन की आत्मा।

उस पल कुछ मेरे भीतर भी जल गया।

हरिद्वार तक का सफर लंबा था। रास्ते में नींद नहीं आई। ट्रेन की खिड़की से बाहर दिखता हर स्टेशन जैसे किसी सवाल की तरह गुजरता। मैं बस सोचता रहा—कबीर सच में मर चुका है, अब जो बचा है वह कोई और होगा, कुछ और होगा।

शाम को जब हरिद्वार पहुँचा, तो गंगा घाट की ओर कदम बढ़ा दिए। सूरज पश्चिम में ढल रहा था, आरती की तैयारी शुरू थी। हवा में घी के दीयों की खुशबू घुल रही थी, और नदी की लहरें जैसे सब कुछ अपने भीतर समेट लेने को तैयार थीं।

मैं कलश लेकर सीढ़ियों पर बैठा। जल मेरे पाँवों को छूता, ठंडक भीतर तक उतर जाती। मैंने धीरे से कलश खोला और राख को गंगा में बहा दिया। राख की परतें पानी में घुलती चली गईं, और उसी क्षण मुझे लगा जैसे मेरे भीतर कुछ खत्म होकर कुछ नया जन्म ले रहा हो।

वो मेरे पिताजी की आत्मा थी, रॉबिन का त्याग था, और मेरी पहचान का पुनर्जन्म।
मैंने कबीर को वहीं, गंगा की लहरों में बहा दिया। और उसी क्षण महसूस किया—कबीर अब नहीं रहा।

अब जो साँस ले रहा है, जो सोच रहा है, जो जीना चाहता है—वह रूद्र है।

गंगा आरती की घंटियाँ बजने लगीं। आसमान पर उठते दीपों की रौशनी में मैंने अंतिम बार कलश को छुआ, और खुद से कहा–

"यह रूद्र की जन्मभूमि है।"

"आज कबीर मर चुका है... और रूद्र का जन्म हुआ है।"

# रॉबिन या फ़रिश्ता

# 8 रॉबिन या फ़रिश्ता

पिछले कुछ दिनों की घटनाओं ने मुझे भीतर तक हिला दिया था। शरीर थका था, लेकिन मन अब भी सुलग रहा था। हरिद्वार पहुँचने के बाद लगा जैसे सदियों बाद किसी पवित्र भूमि पर कदम रखा हो – जहाँ इंसान अपने भीतर के सारे पाप, सारे दुःख गंगा में बहा देता है। मैंने निश्चय किया कि दो दिन यहीं रहूँगा, क्योंकि न मन ठहरा था, न आत्मा को चैन मिला था।

मैं हरिद्वार की एक पुरानी गली में बने छोटे से होटल में ठहरा। कमरा साधारण था – दीवारों पर गंगा की तस्वीरें टंगी थीं, जिन पर अगरबत्ती की खुशबू अब भी बसी हुई थी। खिड़की से बाहर झाँकता तो दिखता – घाटों की ओर जाती भीड़, आरती की घंटियाँ, और हवा में घुली भक्ति की कंपकंपाहट।
उस रात मैं बिना खाए सो गया। शायद वर्षों के दर्द और थकान ने मुझे पहली बार गहरी नींद दी थी।

अगले दिन जब आँख खुली, तो बाहर से शंख और घंटियों की गूँज आ रही थी। मैंने स्नान किया और सीधे गंगा घाट की ओर चल पड़ा। गंगा की लहरें जैसे किसी जीवित प्राणी की तरह धड़क रही थीं। हर बूंद में जैसे कोई कहानी छिपी थी – किसी की प्रार्थना, किसी की मुक्ति, किसी का अंत।

मैं घाट की सीढ़ियों पर बैठा बहुत देर तक लहरों को देखता रहा। उस क्षण मुझे लगा कि यह वही जल है जिसने हजारों बार मृत्यु देखी है,

और उतनी ही बार जीवन दिया है।
लोग अपनी पीड़ा उसमें बहा देते हैं, पर मैं अपनी पीड़ा बहाने नहीं आया था – मैं उसे पहचानने आया था।
दूसरे दिन मैंने हरिद्वार की गलियाँ नापीं – मंसा देवी की चढ़ाई चढ़ी, जहाँ पहाड़ की हवा में किसी अदृश्य शक्ति की उपस्थिति महसूस होती है।
भीड़ में भी एकांत था। सब अपने अपने देवताओं से कुछ माँग रहे थे, पर मैं कुछ नहीं माँग रहा था – मैं तो सब कुछ खो चुका था।
शाम की आरती में जब गंगा की लहरों पर दीपक तैरते हुए आगे बढ़ते गए, मुझे लगा मानो उन लहरों में रॉबिन और पिताजी के चेहरे झिलमिला रहे हों।
शायद वो कहना चाहते थे – "अब तू अकेला नहीं है, रुद्र।"
वो क्षण एक संकेत था। उस आरती की लौ में मैंने अपनी राह देख ली थी।

दो दिन बाद मैं हरिद्वार से नागपुर की ट्रेन में सवार हुआ।
बीस घंटे का लंबा सफ़र, पर हर मिनट मेरे भीतर एक नई योजना आकार ले रही थी। डिब्बे की खिड़की से गुजरते खेत, जंगल, और शहर – सब मुझे अनजान लग रहे थे। अब मैं वही पुराना 'कबीर' नहीं था जो अपनी कमज़ोरी में डूबा रहता था।
अब मेरे भीतर कोई और बस गया था – वो जो आँसुओं से नहीं, अग्नि से जन्मा था।

नागपुर पहुँचा तो शाम हो चुकी थी। शहर की हवा में धुआँ और धूल घुली थी, पर इस बार मुझे उस धूल में भी कोई पहचान महसूस हुई। मैं थकान से चूर होकर रॉबिन के घर पहुँचा।
कुंजी से दरवाज़ा खोला तो भीतर सन्नाटा पसरा हुआ था – जैसे दीवारें अब भी उसकी आवाज़ को याद कर रही हों।

कमरे में हल्की सी परफ्यूम की गंध थी, शायद रॉबिन की। मैंने लाइट ऑन की और सीधे सोफे पर गिर गया। बिना कुछ खाए, बिना कुछ सोचे – बस आँखें बंद कर लीं।

सुबह जब नींद खुली, तो पहली बार मैंने पूरे कमरे को गौर से देखा। सब कुछ व्यवस्थित था – जैसे किसी ने हर चीज़ को अपनी जगह पर ध्यान से रखा हो।
सोफे पर पड़ा तकिया उठाया तो नीचे कुछ चमका।
पहले तो मैं चौंका – एक बंदूक!
धूप की किरण उस पर पड़ते ही वो चमक उठी, जैसे किसी नए युग का उद्घोष हो।

एक पल के लिए मन में डर आया – "क्या मैं सच में इस रास्ते पर जा सकता हूँ?"
पर अगले ही पल रॉबिन का चेहरा सामने आया, उसकी मुस्कान, उसका भरोसा, और वो वाक्य –
"कबीर, किसी का हक़ छीना जाए तो उसका बदला लेना पाप नहीं होता।"

मुझे लगा जैसे उसने यह बंदूक मेरे लिए ही छोड़ी हो – मेरे परिवर्तन की पहली निशानी।
रॉबिन अब नहीं था, पर उसकी आत्मा कमरे की हर दीवार में थी।

मैंने कमरे की तलाशी शुरू की।
एक मेज पर उसका लैपटॉप रखा था। कोशिश की पर पासवर्ड नहीं पता था।
"शायद उसके रहस्य अब ईश्वर ने अपने पास रख लिए हैं," मैंने मन ही मन सोचा।

अलमारी खोली तो भीतर बँधे हुए पैकेट रखे थे। गिने तो पूरे तीस लाख रुपए।
मेरी आँखें फटी की फटी रह गईं।
यह पैसा कहाँ से आया? क्यों रखा?
शायद ये भी उसी 'मिशन' का हिस्सा था जिसका संकेत अब तक मुझसे छुपा था।

तभी मेरी नजर कमरे के कोने पर पड़ी – दीवार में एक छोटी सी छिपी अलमारी थी, कोने में पुरानी लकड़ी से ढकी हुई।
मैंने उसे खोला – और सामने जो था, उसने मेरे रोंगटे खड़े कर दिए।

अंदर एक बड़ा व्हाइट बोर्ड टंगा था। उस पर ग्यारह चेहरों की तस्वीरें पिन से टंगी थीं।
हर फोटो के नीचे छोटी-छोटी पॉलिथीन की थैलियाँ थीं, जिनमें कुछ रखा हुआ था।
पहली थैली खोली – अंदर किसी इंसान का नाखून!
मैंने एक-एक करके सभी देखे – हर फोटो के नीचे एक नाखून, और हर चेहरे पर एक कहानी।

जब मेरी नजर आखिरी फोटो पर गई, तो मेरे पैर जैसे ज़मीन में गड़ गए।
उस फोटो के नीचे कुछ नहीं था, बस लिखा था –
"कबीर के लिए।"

मैंने उस व्यक्ति को देखा – सफेद सूट, सुनहरी घड़ी, और चेहरे पर नकली मुस्कान।
मैं उस चेहरे को जानता था।
वो था विजय सिंह।

वही इंसान... वही दरिंदा जिसने मेरी गीता को...!

उस पल मेरा पूरा शरीर जल उठा। माथे पर पसीना, आँखों में ज्वाला, और दिल में तूफ़ान।
रॉबिन की आत्मा जैसे मेरे भीतर उतर आई थी।
मुझे एहसास हुआ कि रॉबिन सिर्फ एक दोस्त नहीं था – वो मेरे जीवन का फ़रिश्ता था, जिसने मुझे बदले की उस आग तक पहुँचाया था, जो अब बुझने वाली नहीं थी।

मैंने धीरे से बोर्ड पर उँगली रखी और रॉबिन से मन ही मन कहा – "तू चला गया रॉबिन, पर जो आग तूने लगाई थी, उसे मैं अब बुझने नहीं दूँगा।
अब तेरी छोड़ी हर चीज़ मेरी जिम्मेदारी है – ये बंदूक, ये पैसा, और ये नाम, रुद्र।"

कमरे में फैली हवा भारी हो गई थी।
मैंने लाइट बंद की और खिड़की से बाहर देखा – शहर की नीयॉन लाइट्स दूर तक चमक रही थीं, जैसे युद्ध की तैयारी में खड़े सिपाही।
अब मेरे पास सब कुछ था – कारण, साधन और नाम।
मैं अब कबीर नहीं था।
अब मैं वो था जिसे रॉबिन ने गढ़ा था – रुद्र।

रॉबिन शायद इस दुनिया से चला गया,
पर उसने जाते-जाते जो रास्ता छोड़ा था, वो रास्ता मुझे मेरे मक़सद तक ले जाने वाला था।
और उस रात जब मैं रॉबिन की बंदूक अपने हाथों में लेकर खड़ा था, मुझे लगा –
"कहीं वो फ़रिश्ता अब भी यहीं है, मेरे पास।"

# बनारस का सहारा

# 9 बनारस का सहारा

हरिद्वार से लौटने के बाद रूद्र ने जैसे जीवन का हर बंधन तोड़ दिया।
जिस व्यक्ति ने कभी परिवार, रिश्ते, और अपनापन सब कुछ खो दिया हो, उसके लिए अब दुनिया एक नया युद्धक्षेत्र थी।
वो अब कबीर नहीं था – उस नाम की राख गंगा में बह चुकी थी।
अब केवल रूद्र था – जो अपने नाम की तरह भीतर से धधकता और बाहर से शांत दिखाई देता था।

हरिद्वार से निकलने के कुछ ही दिनों बाद, रूद्र ने रॉबिन के छोड़े पैसों में से कुछ हिस्सा निकाला और अपनी नई पहचान गढ़नी शुरू की।
नकली दस्तावेज़, फर्जी आधार कार्ड, नया पासपोर्ट और पहचान – हर चीज़ उसने बड़ी सावधानी से तैयार करवाई।
अब न उसका अतीत बचा था, न पुराना चेहरा; बस एक नया नाम – रुद्र वर्मा, जो इस दुनिया में पहली बार दस्तावेज़ों पर लिखा जा रहा था।

कानपुर से उसने धीरे-धीरे अपनी यात्रा शुरू की, और एक रात वह पहुँचा बनारस, उस नगरी में जो सदियों से जन्म और मृत्यु के बीच पुल बनी हुई है।
जहाँ हर श्वास में मृत्यु की सुगंध है, और हर आरती में मुक्ति का स्वर।

बनारस – जिसे काशी भी कहते हैं, जिसे शिव का निवास कहा गया है।
शहर की संकरी गलियाँ मानो समय से भी पुरानी थीं। दीवारों पर उतरे हुए रंग, मंदिरों की घंटियाँ, और गलियों में बहती गंगा की हवा – सब मिलकर इस शहर को किसी और लोक का बना देते थे।

रूद्र ने घाट के पास एक छोटा सा फ्लैट किराए पर लिया।
बालकनी से नीचे दिखता था – गंगा की लहरों पर तैरती दीपों की कतारें, और दूर किसी पंडित की स्वर लहरियाँ।
हर सुबह शहर शंख की ध्वनि से जागता और रात आरती के आलोक में सो जाता।

रूद्र हर शाम घाटों पर निकल पड़ता।
कभी दशाश्वमेध घाट, कभी अस्सी घाट, कभी मणिकर्णिका के पास की सीढ़ियाँ।
वह गंगा की ओर निहारता, जैसे उसमें अपने भीतर के प्रश्नों के उत्तर ढूँढ रहा हो।
लहरों की हर उठान और गिरावट उसे याद दिलाती – जीवन भी इसी तरह बहता है, पर एक दिन सब कुछ उसी सागर में विलीन हो जाता है जहाँ से आया था।

लोग कहते हैं कि काशी में मृत्यु भी उत्सव है, पर रूद्र जानता था कि उसके भीतर जो मर चुका है, वो उत्सव नहीं, अग्नि है।

इन्हीं शामों में उसकी मुलाकात हुई – कार्तिक ओबेरॉय से।
लगभग तीस वर्ष का एक युवक, चेहरे पर स्थिर मुस्कान और आँखों में जीवन की गहराई।
कार्तिक अक्सर घाट पर बैठकर चाय पीता और विदेशी पर्यटकों को

काशी की कथाएँ सुनाया करता था।

एक दिन जब रूद्र उसके पास जाकर बैठा, कार्तिक ने मुस्कुराकर पूछा,
"पहली बार आए हो?"
रूद्र ने बस इतना कहा – "हाँ, और शायद आख़िरी बार।"
कार्तिक हँस पड़ा, "बनारस में जो एक बार आता है, वो कभी आख़िरी बार नहीं आता। यहाँ मौत भी बार-बार लौटकर आती है।"

धीरे-धीरे दोनों की शामें साथ बीतने लगीं।
दोनों घाट की सीढ़ियों पर बैठकर चाय पीते, और कार्तिक उसे बनारस की कहानियाँ सुनाता –
कैसे मणिकर्णिका घाट पर शिव स्वयं अंतिम संस्कार देखने आते हैं,
कैसे अस्सी घाट का नाम पड़ा जब देवी दुर्गा ने अस्सी राक्षसों का वध किया,
और कैसे इस शहर में मृत्यु भी जीवन का एक अंग मानी जाती है।

रूद्र सुनता रहा – मौन, पर भीतर कहीं गहराई में कुछ हिलने लगा था।
शायद किसी पुराने युग में वो खुद इस भूमि का हिस्सा रहा हो।

एक दिन कार्तिक ने पूछा –
"रूद्र, करते क्या हो?"

रूद्र ने धीमे स्वर में कहा –
"कुछ नहीं... अभी काम ढूँढ रहा हूँ।"

कार्तिक ने मुस्कुराते हुए जवाब दिया,

“तो फिर तुम्हें काम मिल गया। मेरी एक प्राइवेट एजेंसी है – ओ.डी., यानी ओबेरॉय डिटेक्टिव्स।
अगर तुम चाहो तो मेरे साथ काम कर सकते हो।”

रूद्र ने चौंककर उसकी ओर देखा।
डिटेक्टिव एजेंसी – ये शब्द जैसे किसी संकेत की तरह थे।
रॉबिन की आत्मा कहीं भीतर से फुसफुसाई –“रास्ता वही चुनो जहाँ जवाब छिपे हों।”

कार्तिक ने मज़ाक में कहा –
“पर याद रखना, तुम्हें अपने काम और हुनर के हिसाब से पैसे मिलेंगे, दोस्ती के नहीं। वरना मैं कर्ज़ में डूब जाऊँगा।”
दोनों हँस पड़े, पर उस हँसी के भीतर एक नई डोर बुन गई थी।

अगले दिन कार्तिक ने रूद्र को पाँच किताबें दीं –
जासूसी, मनोविज्ञान और अपराध विज्ञान पर आधारित।
“इनको पढ़ो, फिर मिलते हैं,” कार्तिक ने कहा।

रूद्र ने किताबें लीं और अपने कमरे में लौट आया।
अगले पंद्रह दिन उसने खुद को कमरे में बंद कर लिया।
दिन-रात किताबों में डूबा रहा – इंसान के व्यवहार, अपराध की मनोवृत्ति, झूठ की पहचान और सच की परतें पढ़ता रहा।
हर पन्ने के साथ उसे एहसास हुआ कि बदला केवल भावना नहीं, कला भी है।

पंद्रह दिन बाद वह कार्तिक के ऑफिस पहुँचा।
छोटा-सा ऑफिस, दीवारों पर कुछ पुराने केस की फाइलें, और मेज पर रखी चाय के प्याले की खुशबू।

“मैं तैयार हूँ,” रूद्र ने कहा।

कार्तिक ने उसे अपना असिस्टेंट बना लिया।
धीरे-धीरे रूद्र ने उसके साथ काम करना शुरू किया –
किसी गुमशुदा व्यक्ति की खोज, किसी कंपनी की जालसाजी, किसी पति के शक की जाँच –
हर केस ने उसे और पैना बनाया।
पर उसके भीतर एक अलग ही केस पल रहा था – विजय सिंह का।

रूद्र ने चुपचाप अपने स्तर पर विजय सिंह के बारे में जानकारी जुटाना शुरू किया।
पुराने अख़बारों, व्यापारिक रिकॉर्ड और सोशल मीडिया के ज़रिए वह उस नाम को खंगालता रहा।
एक दिन उसके एक पुराने इनफ़ॉर्मर ने बताया कि विजय सिंह अब ग्वालियर में शराब का बड़ा कारोबारी बन चुका है।
गाँव की ज़मीन और पुश्तैनी संपत्ति बेचकर उसने अपनी एक मिनरल कंपनी खोली थी –
जो असल में अवैध शराब का काला कारोबार चला रही थी।

यह सुनते ही रूद्र की आँखों में वही ज्वाला भड़क उठी जो गंगा के तट पर उसने दबा दी थी।
उसने योजना बनाई – विजय सिंह के हर कदम पर नज़र रखने की।

कई दिनों की पड़ताल के बाद रूद्र को पता चला कि विजय सिंह हर शाम अपने महलनुमा बंगले से निकलकर जिम जाता है।जाने के समय उसके साथ सुरक्षाकर्मी नहीं होते;सिर्फ ड्राइवर और निजी सहायक।

रूद्र ने उसी रास्ते को चुना –ग्वालियर पहुँचा, एक पुराना होटल लिया और शाम ढलने का इंतज़ार करने लगा।

सूर्य की लाल किरणें शहर की दीवारों पर ढल रही थीं जब विजय सिंह अपनी काली कार में जिम से बाहर निकला।
सड़क सूनी थी, हवा में धूल उड़ रही थी,
और सड़क के किनारे खड़ा रूद्र अपने हाथों में वही बंदूक थामे था – जो रॉबिन के कमरे में मिली थी।

उसने धीरे से निशाना साधा।
समय कुछ पल के लिए ठहर गया।
फिर ट्रिगर दबा –
धाँय!

गोलियों की आवाज़ ने सड़क की निस्तब्धता तोड़ दी।
कार का शीशा टूटा, चीखें गूँजीं।
विजय सिंह ज़मीन पर गिरा,
पर अगले ही पल उसका बॉडीगार्ड उसे कार में खींच ले गया।
रूद्र भागा – अँधेरों में, गलियों में, खुद से भी दूर।

कुछ घंटे बाद उसने सुना –
विजय सिंह बच गया।

वो ज़ख्मी था, मगर ज़िंदा।

रूद्र ने दीवार पर सिर टिका दिया।
उसकी साँसें तेज़ थीं, दिल धड़क रहा था –
पर आँखों में आँसू नहीं थे, बस एक गहरी शांति।

उसे पहली बार एहसास हुआ –
किसी की जान लेना आसान नहीं होता।
विजय सिंह के लिए यह रोज़ का खेल था,
पर रूद्र के लिए यह एक आत्मा का द्वार पार करना था।

वो जान गया कि यह रास्ता जल्दबाज़ी नहीं,
योजना, धैर्य और सम्पूर्ण तैयारी चाहता है।
जिसे वह मारना चाहता है, उसे पहले अपनी ही छाया में फँसाना होगा।
यह युद्ध अब केवल बदले का नहीं, बल्कि न्याय की तपस्या बनने जा रहा था।

उस रात रूद्र बनारस की यादों में लौटा।
उसे लगा जैसे गंगा की लहरें कह रही हों –
"हर प्रहार से पहले संयम आवश्यक है। हर वध से पहले साधना।"

रॉबिन ने उसे रास्ता दिखाया था,
बनारस ने उसे धैर्य दिया था।

# पहली नजर का असर

# 10 पहली नजर का असर

गंगा की लहरें उस शाम कुछ ज़्यादा ही शांत थीं – जैसे किसी पुराने साधक ने अपने भीतर की सारी बेचैनी बहा दी हो। बनारस के अस्सी घाट पर डूबते सूरज की किरणें जब गंगा के जल पर पड़ रही थीं, तो ऐसा प्रतीत हो रहा था मानो सुनहरी चादर बिछ गई हो। हवा में अगरबत्ती की महक थी, कहीं दूर से किसी साधु का "हर हर गंगे" की पुकार, और किनारे बैठा एक युवक – रूद्र।

वो कई दिनों से यहां आ रहा था। हर शाम, एक ही स्थान पर, वही चायवाला, वही घाट, वही सूर्यास्त। पर उस दिन कुछ अलग था। शायद किस्मत भी कभी-कभी थक जाती है एक ही दृश्य बार-बार दोहराने से – इसलिए उस शाम उसने एक नया दृश्य रचा।

रूद्र गंगा की लहरों में अपनी थकी निगाहें डाले बैठा था, जब सामने से दीप्ति आई। सफ़ेद सूती सलवार और आसमानी दुपट्टा हवा में हल्के से लहरा रहा था। उसकी आँखों में ऐसा नूर था जो बनारस के दीपों को भी मात दे सके। बाल खुले थे – जैसे किसी कविता के अधूरे शेर हों। वो घाट की सीढ़ियों से उतरते हुए गंगा को देखने लगी – और उसी पल रूद्र ने पहली बार किसी के भीतर खुद को खो दिया।

उसने सोचा – क्या ये भी गंगा की कोई लहर है जो मेरे दिल तक आ पहुँची है?

दीप्ति ने जल में हाथ डुबोया, हथेली में पानी लिया और माथे पर

लगाया। उस क्षण, सूर्य की किरणें उसके चेहरे पर ऐसे पड़ रही थीं मानो समय ठहर गया हो। रूद्र बस देखता रह गया। उसके भीतर कुछ हलचल-सी हुई। जैसे लंबे समय से सोया हुआ कोई एहसास फिर से जाग उठा हो।
कुछ देर बाद वो पास ही आकर बैठ गई। दोनों के बीच एक मौन-सी बातचीत शुरू हो चुकी थी – जिसे शब्दों की ज़रूरत नहीं थी। हवा गवाही दे रही थी कि कुछ नया जन्म ले रहा है।

"आप रोज़ आते हैं यहां?" दीप्ति की आवाज़ ने रूद्र को चौंका दिया। उसने पहली बार उसकी ओर देखा और हल्की मुस्कान दी, "हाँ... रोज़ आता हूँ। शायद इसलिए कि यहां की शांति में कुछ जवाब छिपे हैं।"

दीप्ति ने गंगा की ओर देखा – "शांति? मुझे तो यहां हर लहर में कोई प्रश्न सुनाई देता है। कोई अधूरी बात।"

रूद्र हल्के से मुस्कराया, "शायद इसलिए ही लोग बनारस आते हैं – अपने सवालों को पानी में डुबाने, या अपने जवाब ढूंढने।"

"और आपको क्या मिला?" दीप्ति ने सीधी आँखों में झाँकते हुए पूछा। रूद्र कुछ पल चुप रहा, फिर बोला – "अभी तक तो सिर्फ़ सन्नाटा।"

वो हँसी – धीमे, जैसे कोई शंख बजा हो।
"कभी-कभी सन्नाटे में भी एक कहानी छिपी होती है," दीप्ति ने कहा।

रूद्र को उसकी बातें किसी पुरानी कविता की पंक्तियाँ लगीं – मीठी, गहरी और सच्ची। वो कुछ बोलना चाहता था पर शब्द जैसे गले में अटक गए थे। उसके भीतर जो दर्द था, जो आग थी, वो सब उस पल जैसे कहीं दूर चला गया था।

"आप बनारस के हैं?" दीप्ति ने पूछा।
"नहीं," रूद्र ने कहा, "बस कुछ दिनों के लिए यहां हूँ।"
"तो बनारस ने आपको बुलाया होगा," उसने मुस्कुराकर कहा, "यह शहर किसी को यूँ ही नहीं बुलाता।"
उसकी बात में कुछ तो था। रूद्र को लगा जैसे सच में बनारस ने उसे किसी मकसद से यहाँ बुलाया हो – शायद उसकी टूटी हुई आत्मा को जोड़ने, या फिर किसी नई शुरुआत के लिए।

दीप्ति ने बताया कि वो बनारस हिन्दू विश्वविद्यालय में संगीत की छात्रा है। गंगा किनारे बैठकर वह रियाज़ करती है। "ये घाट मेरे लिए मंदिर हैं," उसने कहा, "जहाँ स्वर ही भगवान हैं।"

रूद्र मंत्रमुग्ध-सा सुनता रहा। उसके लिए संगीत हमेशा एक ध्वनि था, पर दीप्ति ने उसे पहली बार महसूस करवाया कि संगीत भी आत्मा का संवाद होता है।

शाम और गहरी हो चुकी थी। आरती का समय हो चला था। घाट पर लोगों की भीड़, आरती के मंत्र, घंटियों की गूंज और दीपों की कतारें – पूरा वातावरण भक्ति में डूबा था। दीप्ति खड़ी होकर आरती देखने लगी। उसके चेहरे पर जलते दीपक की रौशनी पड़ रही थी, और उस पल रूद्र को लगा – उसने पहली बार जीवन को इतने करीब से देखा है।

उसके भीतर एक अजीब सी खामोश लहर उठी। वो नहीं जानता था कि ये प्यार है या बस एक पल की मोहब्बत। पर इतना जरूर था – उसकी नज़रों में दीप्ति बस चुकी थी।

आरती खत्म हुई तो दीप्ति ने मुड़कर कहा, "कल फिर मिलेंगे शायद...

इसी घाट पर।"
रूद्र ने बस सिर हिला दिया – कुछ कहने की हिम्मत नहीं जुटा सका।

वो चली गई, पर उसकी खुशबू हवा में रह गई। रूद्र देर तक वहीं बैठा रहा। गंगा की लहरें जैसे अब कुछ नया गीत गा रही थीं।

रात गहराने लगी। घाट सुनसान हो गया, पर रूद्र के भीतर कोई गूंज अब भी बाकी थी। वो अपने कमरे लौटा, पर नींद को जैसे किसी ने दरवाज़े पर ही रोक दिया था। वो खिड़की से बाहर गंगा की ओर देखता रहा – जहां अब भी कुछ दीप तैर रहे थे।

उसने खुद से कहा –
"शायद ये दीप ही मेरी किस्मत हैं, जो अब उसके साथ बहने लगे हैं।"

अगले दिन रूद्र फिर घाट पर गया। मन में अजीब सी बेचैनी थी। क्या वो आएगी? क्या कल का पल बस एक संयोग था?

और फिर, जैसे गंगा ने उसके दिल की पुकार सुन ली हो – दीप्ति दूर से आती दिखाई दी। वही मुस्कान, वही हवा में लहराते बाल, वही हल्की-सी चाल।

वो आई और बोली, "आप कल देर तक रुके थे न?"
रूद्र हँस पड़ा – "गंगा गवाह है।"
"गंगा सब जानती है," दीप्ति ने कहा, "कभी झूठ नहीं बोलती।"

फिर दोनों साथ बैठे – बिना किसी वक़्त का ध्यान किए। चायवाले की आवाज़ "दो कुल्हड़ चाय!" पर दोनों ने एक-दूसरे की ओर देखा और मुस्कुराए। जैसे वो पल किसी कविता का अंत नहीं, बल्कि

शुरुआत था।

उस शाम गंगा की लहरों में एक नई कहानी बह चली – एक ऐसी कहानी जहाँ रूद्र, जो अब तक दर्द से भाग रहा था, पहली बार किसी की मुस्कान में शांति खोजने लगा था।

गंगा के उस घाट ने पहली बार दो आत्माओं को मिलते देखा – एक जो जीवन से भाग रहा था, और एक जो हर लहर में जीवन ढूंढती थी।
और बनारस की वो शाम – हमेशा के लिए उसके दिल की गहराइयों में उतर गई।
जहाँ आरती की गूंज, गंगा की लहरें और दीप्ति की मुस्कान एक साथ मिल गईं।

# नज़दीकियां

# 11 नज़दीकियां

साँझ का समय था। गंगा के घाट पर हल्की-सी गुलाबी धुंध उतर आई थी।
आरती की घंटियों की मधुर झंकार के बीच दीपों की कतारें गंगा के जल पर तैर रही थीं –जैसे किसी ने आसमान के सितारे नीचे उतार दिए हों।

दीप्ति वहीं खड़ी थी, वही सफ़ेद सलवार-कुर्ते में, वही सहज मुस्कान, जिसे देख रूद्र के भीतर कुछ अजीब-सा हलचल होने लगा था।

आज रूद्र उसके पास जा बैठा।
"तुम हर शाम यही आती हो?" उसने पूछा।
दीप्ति मुस्कुराई, "गंगा को देखे बिना मुझे नींद नहीं आती।"
रूद्र ने जवाब दिया, "अच्छी आदत है... शायद इसी लिए तुम इतनी शांत लगती हो।"

धीरे-धीरे बातों का सिलसिला शुरू हुआ।
रूद्र ने झूठी कहानी बुनी कि वह दिल्ली का रहने वाला है,एक साधारण परिवार से आता है,और बनारस में एक रिसर्च कंपनी में काम करता है।वह झूठ बोलते हुए भी खुद को रोक नहीं पा रहा था।दिल कहता था कि दीप्ति को सब बता दे,पर अतीत की राख में अभी भी अंगार बाकी था,जिसे उजागर करना मतलब अपने मक़सद को दांव पर लगाना था।

दीप्ति ने धीरे-धीरे अपनी ज़िंदगी बताई –वह बनारस की ही रहने वाली थी,उसके पिता मंदिर के पुजारी थे,माँ घर की चौखट पर हर शाम दिया जलाती थीं।वह खुद एक कॉलेज में संगीत सिखाती थी।
"मेरे लिए बनारस ही सब कुछ है," उसने कहा,
"यहाँ गंगा भी माँ है, और इन गलियों में ही जीवन की राग है।"

रूद्र पहली बार इतने ध्यान से किसी की बातें सुन रहा था।वह जो अब तक जीवन को सिर्फ़ एक बदले की राह समझता आया था,आज उसे लग रहा था कि शायद ज़िंदगी में और भी बहुत कुछ है।

अगले कई दिनों तक वे घाट पर मिलते रहे।कभी अस्सी घाट की चाय,कभी दशाश्वमेध पर आरती,कभी संकरी गलियों में जलेबी की दुकान के पास लंबी बातें।दीप्ति की बातें रूद्र के भीतर उतरती जा रही थीं,
जैसे गंगा का जल धीरे-धीरे रेत में समा जाता है।

एक शाम जब सूरज डूब रहा था,
दीप्ति ने कहा, "तुम बहुत अलग हो, बाकी लोगों से।"
रूद्र ने मुस्कुराकर पूछा, "अलग कैसे?"
"पता नहीं," दीप्ति ने कहा, "तुम्हारी आंखों में कोई पुराना दुख है, पर उस दुख में भी एक शांति है। लगता है जैसे तुम किसी का इंतज़ार कर रहे हो।"
रूद्र के पास जवाब नहीं था।
वह सिर्फ़ चुप रहा और गंगा के जल में ढलते सूरज को देखता रहा।

धीरे-धीरे उनके बीच की दूरियाँ मिटने लगीं।रूद्र दीप्ति को किताबें लाकर देता,वह उसके लिए गाना गाती,दोनों घाट की सीढ़ियों पर बैठकर देर तक बातें करते।कभी-कभी चुप्पी भी उनके बीच एक संवाद

बन जाती थी।वह चुप्पी जिसमें रूद्र को वर्षों बाद सुकून मिलता था।

एक रात रूद्र ने पहली बार महसूस किया कि वह मुस्कुरा रहा है – बिना किसी कारण, बिना किसी योजना के।
वह अपने भीतर एक अजनबी गर्माहट महसूस कर रहा था।
कभी सोचा नहीं था कि बदले की आग के बीच
किसी का स्नेह ऐसे खिल सकता है।

धीरे-धीरे दीप्ति रूद्र की आदत बन गई।
वह जब नहीं आती, तो घाट का दृश्य अधूरा लगता।
गंगा का प्रवाह भी जैसे कुछ कम हो जाता।
रूद्र अब हर सुबह उसी रास्ते से गुजरता
जहाँ दीप्ति की आवाज़ सुनाई देती –
कभी रियाज़ करते हुए, कभी मंदिर की घंटियाँ बजाते हुए।

एक दिन दीप्ति ने कहा,
“तुम्हारी आंखों में हमेशा कोई कहानी छिपी रहती है...
कभी सुनाओगे?”
रूद्र ने हल्की हँसी में बात टाल दी,
“कहानी बहुत पुरानी है... शायद अब याद नहीं।”
दीप्ति ने बस इतना कहा, “जिस दिन याद आए, उस दिन सुनाना ज़रूर।”

वह शाम कुछ अलग थी।
आरती के बाद दीप्ति ने गंगा में एक दीप छोड़ा।
हवा हल्की थी, जल शांत।
दीप्ति ने कहा, “देखो, अगर यह दीप बिना डूबे बह गया,
तो समझना कि भगवान हमारी सुन रहे हैं।”

दीप धीरे-धीरे लहरों पर तैरता गया...
रूद्र को लगा जैसे उसकी ज़िंदगी की लहरों में भी पहली बार कुछ स्थिरता आई है।

उस रात रूद्र बहुत देर तक सो नहीं पाया।पहली बार उसे डर लगा – कहीं यह स्नेह उसे उसके रास्ते से भटका न दे।पर दिल था कि मानता नहीं।दीप्ति के हर शब्द, हर मुस्कान,अब उसकी हर सांस में उतर चुके थे।

अगले कुछ दिनों में उनका रिश्ता और गहरा हो गया।
कभी दीप्ति उसके लिए अपने हाथों से बना भोजन लाती,
कभी रूद्र उसे मंदिर छोड़ आता।
एक दिन दीप्ति ने कहा,
"तुम्हारे साथ समय रुक-सा जाता है रूद्र...
कभी लगता है, तुम्हारे बिना यह बनारस अधूरा हो जाएगा।"

उस क्षण रूद्र की आंखें भर आईं।वह कुछ कहना चाहता था,पर उसके भीतर जो तूफ़ान था,वह शब्दों से बहुत गहरा था।

उसने बस इतना कहा,
"कभी अगर मैं तुम्हारे पास न रहूँ...
तो गंगा से कहना कि वह मेरे हिस्से की शांति तुम्हें दे दे।"
दीप्ति ने मुस्कुराते हुए कहा,
"तुम कहीं नहीं जाओगे,
तुम्हारा ठिकाना अब यहीं है – मेरे बनारस में।"

रूद्र ने सिर झुका लिया।
गंगा किनारे वह दीप फिर बह रहा था –

धीरे-धीरे, स्थिर और उजला।
और उस दीप के साथ रूद्र के भीतर कुछ बदल रहा था।
पहली बार उसे एहसास हुआ –
कि प्रेम सिर्फ़ किसी को पाने की चाह नहीं,
बल्कि किसी के लिए खुद को खो देने की तैयारी है।

प्रेम कोई वादा नहीं,
बल्कि एक एहसास है –
जो बिना कहे भी सुनाई देता है,
जो बिना छुए भी महसूस होता है।
प्रेम वही है जहाँ शब्द नहीं,
सिर्फ़ मौन बोलता है।

गंगा किनारे की वही शाम थी, जब हवा में दीपों की खुशबू घुली थी।
दीप्ति चुपचाप घाट की सीढ़ियों पर बैठी थी, और रूद्र उसके पास जाकर ठहर गया।
उसने पहली बार बिना झिझक, बिना किसी डर के उसकी आंखों में देखा।
“दीप्ति...” उसकी आवाज़ हल्की थी, मगर भीतर गहराई थी –
“पता है, मैंने ज़िंदगी में बहुत कुछ खोया है...
पर अगर किसी को पा सका, तो बस तुम्हें।”

दीप्ति ने मुस्कुराते हुए पूछा, “इतनी देर से कहां थे ये अल्फ़ाज़?”
रूद्र ने कहा, “शायद उस हिम्मत का इंतज़ार कर रहे थे,
जो सिर्फ़ सच्चे प्यार से आती है।”
दीप्ति ने हंसते हुए कहा, “और अगर मैं ‘हाँ’ कह दूँ तो?”
रूद्र के होंठ कांपे, आँखें भीग गईं,
वह झुककर बोला, “तो मैं अपनी ज़िंदगी का सबसे खूबसूरत फैसला

ले लूंगा।"

दीप्ति उठी, और बिना कुछ कहे उसे बाहों में भर लिया।
रूद्र ने अपना सिर उसकी गोद में रख दिया और रो पड़ा –
वो आँसू जो बरसों से भीतर कैद थे।
कहते हैं, आदमी रोता नहीं,पर सच यह है कि वह सिर्फ़ अपनी पसंदीदा औरत के सामने ही रोता है,क्योंकि वही होती है जो उसके दर्द को बिना पूछे समझ लेती है।बस कोई "पूछने वाली" चाहिए,बाकी हर मर्द के भीतर भी एक बच्चा ज़िंदा होता है,जो सिर्फ़ प्यार की छांव चाहता है।

# सपनों पर अंधेरे की आहट

# 12 सपनों पर अंधेरे की आहट

बनारस के घाटों पर कभी साथ बैठे दो साए अब अक्सर एक-दूसरे के बीच खामोशी के लंबे फासले महसूस करने लगे थे।
रुद्र और दीप्ति के रिश्ते को दो साल बीत चुके थे। इन दो वर्षों में उन्होंने न जाने कितनी शामें गंगा किनारे बिताईं, कितने अधूरे सपने एक-दूसरे की आँखों में टाँगे।
दीप्ति अब रुद्र की दुनिया का सबसे खूबसूरत हिस्सा बन चुकी थी – और रुद्र के चेहरे की हर मुस्कान में वही बसती थी।

दीप्ति ने एक दिन कहा था –
"रुद्र, तुम्हारे बिना सब सूना लगता है। जैसे गंगा बिना घाट के।"
रुद्र मुस्कराया था, मगर उसकी आँखों में कुछ ऐसा था जो मुस्कान से मेल नहीं खा रहा था।

धीरे-धीरे दीप्ति को महसूस हुआ कि रुद्र कुछ बदलने लगा है।
वो कभी-कभी बातें करते करते अचानक उठ जाता, किसी कॉल के आने पर चेहरा गंभीर हो जाता, और फिर किसी अजीब सी बेचैनी में खो जाता।
वो कहता –
"ऑफिस से कॉल है, थोड़ी देर में आता हूँ।"
लेकिन जब लौटता, उसकी आँखों में गहरी थकान और किसी अज्ञात डर का साया होता।

दीप्ति को लगता – शायद काम का तनाव है।

पर एक दिन उसने साहस करके पूछा –
“रुद्र, कभी तो अपने परिवार के बारे में बताओ न। कहाँ रहते हैं तुम्हारे माँ-बाप?”

रुद्र ने नज़रें झुका लीं –
“दीप्ति, वो लोग अब मेरी दुनिया से बहुत दूर हैं। कुछ बातें हैं जिनका जवाब मेरे पास नहीं है।”
और फिर वह बात को ऐसे मोड़ देता जैसे कुछ हुआ ही न हो।

धीरे-धीरे दीप्ति का दिल उलझता गया।
वो चाहती थी कि रुद्र उसे सब कुछ बताए, क्योंकि वह अब उसे सिर्फ़ चाहती नहीं थी – उससे जुड़ चुकी थी।

एक दिन शाम को जब दीप्ति बाजार से लौट रही थी, उसने रुद्र को किसी अजनबी आदमी के साथ देखा।
दोनों किसी को पीछा करते दिखे।
वो ठिठक गई, सांसें थम-सी गईं –
“ये... रुद्र?”
उसने खुद से कहा।
पर जब तक वह पास जाती, दोनों किसी गली में गुम हो चुके थे।

उस रात दीप्ति ने रुद्र से कुछ नहीं कहा, मगर उसकी आंखें सारी रात रोती रहीं।

रुद्र को भी सब महसूस होता था।
वो जानता था कि झूठ की दीवार अब ज़्यादा दिन टिक नहीं सकती।
पर सच्चाई इतनी भयानक थी कि अगर दीप्ति को पता चल जाती... तो शायद वो उसे कभी माफ़ नहीं करती।

इसलिए उसने तय किया कि वह दीप्ति को दूर कहीं ले जाएगा।
कहीं, जहाँ कुछ समय के लिए ये दुनिया और उसके सारे झूठ गायब हो जाएँ।
"हम मसूरी चलेंगे दीप्ति," उसने कहा, "वहाँ सिर्फ़ हम दोनों होंगे, और कोई नहीं।"

दीप्ति मुस्कराई – जैसे बचपन की कोई अधूरी इच्छा पूरी हो रही हो।
वो बोली – "बस तुम रहो... बाकी कुछ नहीं चाहिए।"

मसूरी की वादियाँ उस सुबह कुछ अलग ही लग रही थीं।
पहाड़ों की गोद में बसी ठंडी हवा, बादलों से झूलती सड़कें और चीड़ों की महक – जैसे खुद वक्त थम गया हो।
रुद्र और दीप्ति ताज होटल में ठहरे – कमरा नंबर 122

पहले दिन दोनों ने माल रोड पर घूमते हुए पुराने कैफ़े में कॉफी पी, तस्वीरें खिंचवाईं, और बर्फ़ीले झरनों के पास लंबी बातें कीं।
दीप्ति ने मुस्कराते हुए कहा –
"काश, वक्त यहीं रुक जाए।"
रुद्र ने जवाब दिया –
"वक्त रुक नहीं सकता... पर कुछ पल दिल में हमेशा जिंदा रहते हैं।"

शाम को लौटते वक्त रुद्र के मोबाइल पर एक कॉल आया।
वो बाहर गया और देर तक वापस नहीं लौटा।
वो जब लौटा, चेहरा तनाव से भरा था।

"मुझे थोड़ी देर बाहर जाना होगा, दीप्ति। माल रोड तक जा रहा हूँ," उसने कहा, नज़रों से बचते हुए।

दीप्ति ने सिर हिलाया, पर दिल को कुछ अजीब-सा लगा।
वो उसे जाते हुए देखती रही, फिर खुद से बोली –
"आज नहीं... आज मैं जान कर रहूँगी कि ये सब क्या है।"
वो रुद्र के पीछे चल पड़ी।
पहाड़ी की चढ़ाई थी, पैर भारी हो रहे थे।
थोड़ी देर में उसने देखा – रुद्र किसी सुनसान रास्ते की ओर मुड़ गया।
वो रुक गई।
सामने एक पुराना, बंद पड़ा होटल था – दीवारों पर काई जमी थी, और खिड़कियों से बस अंधेरा झांक रहा था।

अचानक अंदर से गोलिया चलने की आवाज आई।
पंछी उड़ गए, और हवा में बारूद की गंध घुल गई।

दीप्ति का दिल धड़क उठा।
वो भागती हुई अंदर गई और जो देखा, वो थी- (ख़ून से भीगी दास्तान )1

"कहानी फिर वहीं लौट आती है –
देवगढ़ के किले पर, जहाँ रुद्र किसी अजनबी लेखक की तरह बैठा अपने अतीत की दास्तान सुनाता है।
उसकी आँखों में अब भी दीप्ति की परछाई है, और होंठों पर वही दर्द भरी मुस्कान।"

# नागपुर वापसी,
# पहला प्रतिशोध

# 13 नागपुर वापसी,पहला प्रतिशोध

रूद्र की आवाज़ उस रात देवगढ़ के किले की निस्तब्धता में डूबती चली गई थी। दीप्ति ने जब उसकी कहानी सुनी, तो उसका दिल भीतर तक काँप उठा। उसकी आंखों में आँसू थे, मगर उन आँसुओं के पीछे दया नहीं, एक अग्नि थी–एक ऐसी ज्वाला जो अब रूद्र के प्रतिशोध में उसकी अपनी साँसों का हिस्सा बन चुकी थी।
दीप्ति ने कुछ नहीं कहा। बस आगे बढ़कर रूद्र को गले लगा लिया। उस आलिंगन में शब्दों की जगह शपथ थी–अब ये लड़ाई सिर्फ रूद्र की नहीं रही थी।

दोनों देवगढ़ की ओर चल पड़े। रास्ते में गंगा किनारे ठहरी हुई धूप में रूद्र ने उसे वह जगह दिखाई जहाँ कभी उसका घर था–अब सिर्फ जले हुए दीवारों की राख बची थी।
"यहीं खेलती थी गीता," उसने मिट्टी उठाकर कहा, "और यहीं उसकी चीखें दबी थीं उस रात।"

दीप्ति ने उसके काँपते हाथों को थामा।
"कभी-कभी," उसने धीरे से कहा, "जो राख दिखती है, वहीं से नयी ज़िंदगी भी उगती है।"

रूद्र ने उसकी आँखों में देखा–वह अब सिर्फ दीप्ति नहीं रही थी, वह उसकी आत्मा का वो हिस्सा बन चुकी थी जो उसकी जली हुई दुनिया में हरियाली उगा सकता था।

रूद्र ने गाँव की ज़मीनें देखीं–वह बगीचा, वो कुआँ, और वह टूटी दीवार जहाँ उसका नाम कभी खुदा हुआ था। अब सब किसी सरकारी फाइल में खोया पड़ा था।
“कभी ये सब मेरा था,” उसने बुदबुदाया, “अब शायद सिर्फ यादें बची हैं।”

दीप्ति ने कहा, “जो आदमी अपना सब कुछ खोकर भी सीधा खड़ा है, उसके पास अभी भी सबसे बड़ी ताकत है–उसका हक़ लेने की हिम्मत।”

और फिर, उन्होंने देवगढ़ को अंतिम बार पीछे मुड़कर देखा। हवा में पुराने समय की गंध थी–पसीने, खून और राख की–but अब उस राख में नया इरादा जलने लगा था।

शाम ढलते ही दोनों नागपुर पहुँचे।
रॉबिन का पुराना मकान सामने था–वो दरवाज़ा, जो पाँच सालों से बंद पड़ा था। सीढ़ियों पर काई जम चुकी थी, खिड़कियों पर धूल की परतें थीं।
जब रूद्र ने जंग लगे ताले को तोड़ा, तो एक भारी-सी गंध उठी–वक्त की, यादों की, और अधूरे वादों की।

“यहीं रहा करते थे तुम लोग?” दीप्ति ने पूछा।
“हाँ,” रूद्र ने दीवारों को देखते हुए कहा, “यह घर रॉबिन की आख़िरी निशानी है।”

दोनों ने घर की सफाई शुरू की। मकड़ी के जालों के बीच से बीते वक्त की परछाइयाँ झाँकती रहीं। दीप्ति हर कोने को ऐसे छूती जैसे वह रॉबिन की आत्मा को सुकून देना चाहती हो।

रात तक घर फिर से सांस लेने लगा था।
दीप्ति ने थकी हुई आँखों से रूद्र की ओर देखा, "अब ये घर फिर से जिंदा है... ठीक तुम्हारी तरह।"

रूद्र हल्के से मुस्कुराया–"अब इसे खत्म करने वालों की बारी है।"
रूद्र के भीतर की आग अब दिशा मांग रही थी।
दीप्ति ने धीरे से कहा, "सिर्फ विजय सिंह नहीं... जिन्होंने उसका साथ दिया, वो भी अपराधी हैं।"

रूद्र ने सिर हिलाया–"वो दोनों मेरी सूची में पहले हैं।"

उस रात दीप्ति जब सो गई, रूद्र अपने लैपटॉप पर बैठा था। स्क्रीन की नीली रोशनी में उसका चेहरा किसी शिकारी की तरह चमक रहा था।
वह पुराने फाइल, इंटरनेट आर्काइव्स और विदेशी जर्नल्स खंगालता रहा। तभी उसकी नज़र एक पुराने सोवियत डॉक्युमेंट पर पड़ी–Operation Silent Sleep - KGB, 1983.
उसमें ज़िक्र था–एक ऐसा रासायनिक यौगिक, जो शरीर में पहुँचने के 24 घंटे बाद दिल का दौरा पैदा करता है, और मौत बिल्कुल स्वाभाविक लगती है।
नाम था–"Risk Poison."

रूद्र की आँखों में ठंडी चमक आ गई।
"नेचुरल डेथ... पर मौत तो मौत होती है," उसने खुद से कहा।

देवगढ़ की गलियों में धूल फिर उठी जब एक दिन एक अनजान पोस्टमैन गाँव में दाखिल हुआ।
सिर पर टोपी, आँखों पर धूप का चश्मा और कंधे पर झोला–किसी

ने पहचानने की कोशिश भी नहीं की।
वो रूद्र था।

बिरजू सिंह अपने आँगन में हुक्का पी रहा था जब पोस्टमैन ने आवाज़ दी–
"सरकारी खत है, बिजली विभाग से।"

बिरजू ने लिफाफा थामा, और उसी पल रूद्र ने अपनी सोने की अंगूठी से उसके हाथ को हल्के से छुआ। अंगूठी में Risk Poison लगी महीन सुई छिपी थी।
इतनी महीन कि कोई महसूस भी न कर सके।

"नाम क्या बताया?"
"रामलाल," रूद्र मुस्कुराया और निकल गया।

अगले ही दिन, गाँव में खबर फैली–बिरजू सिंह की हार्ट अटैक से मौत।
लोग बोले, "पिछले कुछ दिनों से तबीयत ठीक नहीं थी।"
कोई शक नहीं हुआ।
नागपुर में बैठा रूद्र बस खिड़की के बाहर देख रहा था–आसमान में कहीं दूर बादल थे, मगर उसके भीतर कुछ साफ़ हो गया था।
"एक पूरा हुआ, गीता..." उसने फुसफुसाया, "अब दूसरा।"

पाँच महीने बीत गए। सर्दियों की हल्की धूप थी जब रूद्र फिर से देवगढ़ लौटा। इस बार वह एक थका हुआ मुसाफ़िर था–कंधे पर बैग, चेहरे पर धूल, आँखों में ठहराव।

फुकन सिंह अब विजय सिंह का खास आदमी बन चुका था। उसने

वही फार्महाउस खरीद लिया था जहाँ गीता को मारा गया था।
कहते हैं, कुछ जगहों पर मिट्टी खुद न्याय की प्रतीक्षा करती है।

रूद्र फार्महाउस पहुँचा।
"पानी मिलेगा?" उसने थके स्वर में पूछा।
फुकन ने दरवाज़ा खोला–"अंदर आ जाओ, यहीं कुएँ के पास बैठो।"

रूद्र ने पानी लिया, और जैसे ही झुका, उसने अपने बैग से वह हथियार निकाला जो एक बाघ के पंजे की तरह बना था–स्टील का, तीखा, और जानलेवा।
क्षणभर में, उसके नाखून की आकृति वाला ब्लेड फुकन की गर्दन में धँस गया।
रक्त की बूंदें ज़मीन पर गिरीं–जैसे किसी अधूरी सच्चाई ने अपनी मुहर लगा दी हो।

उसने फुकन के शरीर पर दो-तीन और कट लगाए–ऐसे कि लगे जैसे किसी जंगली जानवर ने हमला किया हो।
फिर अपने बैग से उसने असली बाघ के बाल और एक नाखून का टुकड़ा निकाला, और वहीं फेंक दिया।

रूद्र खेत से निकल गया।
अगली सुबह गाँव में अफवाह फैली–
"फार्महाउस पर बाघ ने हमला किया!"
लोगों ने पुलिस बुला ली। जांच हुई, मगर निशान बाघ के थे।
किसी ने भी यह नहीं जाना कि वह बाघ इंसान था।

उस शाम रूद्र नागपुर लौट आया।
दीप्ति ने दरवाज़ा खोला, और उसकी आँखों में पढ़ लिया कि कुछ

बदल चुका है।
"क्या हुआ?"
"दो भेज दिए..." रूद्र ने बस इतना कहा, "अब वो गीत के पास होंगे।"

दीप्ति ने उसके काँपते हाथों को पकड़ा।
"अब तुम्हें चैन मिला?"
रूद्र ने खिड़की से बाहर देखा–"थोड़ा। लेकिन अब भी एक नाम बाकी है।"

उसके शब्द धीमे थे, मगर उनमें ऐसा कम्पन था जैसे तूफ़ान से पहले की हवा।
विजय सिंह।
अब अगला निशाना वही था।

दीप्ति ने उसके कंधे पर सिर रखा।
"तुम अब अकेले नहीं हो, रूद्र। इस प्रतिशोध में मैं तुम्हारे साथ हूँ।"
रूद्र ने मुस्कुराया–"तब दुनिया भी हमें रोक नहीं सकेगी।"

रात गहराती गई। हवा में पुराने खून की गंध अब भी थी और कहीं भीतर, गीत की आत्मा शायद मुस्कुरा रही थी।

# दीप्ति थी

# 14 दीप्ति थी

नागपुर की रातें उस सर्दी में कुछ ज़्यादा लंबी हो गई थीं।
रूद्र दिन-रात विजय सिंह की मौत का नक्शा खींच रहा था – जैसे कोई वास्तुकार ईश्वर के घर का नक्शा बनाए।
हर रेखा, हर कदम सोचा-समझा था।
वह जानता था, यह आख़िरी युद्ध होगा – उसके जीवन का, उसकी आत्मा का।

दीप्ति अब रूद्र की दुनिया बन चुकी थी।
वह उसके काम में साथ देती, खाना बनाती, उसके ज़ख़्मों पर मरहम लगाती, और हर रात जब रूद्र देर तक कंप्यूटर पर काम करता, तो उसके लिए कॉफ़ी लाती और कहती –
"बस थोड़ा और रुको, बदला पूरा होने के बाद ज़िंदगी शुरू करेंगे।"

रूद्र उसे देखता और कहता,
"तुम्हें नहीं पता, तुम मेरे साथ रहकर अपने लिए कितना बड़ा खतरा मोल ले रही हो।"
दीप्ति मुस्कुराती, "मुझे डर सिर्फ एक चीज़ से लगता है, रूद्र – तुमसे दूर होने से।"

चार महीने गुजर गए।
रूद्र ने विजय सिंह के नेटवर्क की छानबीन कर डाली – उसके बिजनेस, अकाउंट्स, और प्राइवेट सिक्योरिटी तक।
दीप्ति हर छोटी-बड़ी चीज़ में उसकी मदद करती।

उसने घर को एक छोटा-सा वॉर रूम बना दिया था – नक्शे, लैपटॉप, और फाइलों से भरा हुआ।
वह अक्सर कहती,
"तुम्हारे घर की दीवारों पर अब बस गोलियाँ नहीं, इरादे भी टंगे हैं।"
और रूद्र मुस्कुरा देता – बहुत हल्का-सा।

दीप्ति सुबह से शाम तक घर संभालती। रूद्र जब भी लौटता, दरवाज़े पर वही मिलती – मुस्कुराती हुई, थकी हुई, मगर शांति से भरी।
उसके लिए दीप्ति अब सिर्फ प्रेमिका नहीं, उसकी आत्मा उसकी संगिनी बन चुकी थी।

वह दोपहर भी बस ऐसी ही थी।
रूद्र किसी डील के बहाने बाहर गया था – एक पुराने संपर्क से मिलने।
शाम जब वह लौटा, तो आसमान में हल्की धुंध थी।
दरवाज़े के सामने खड़ा हुआ तो कुछ अजीब लगा –
घर के अंदर से कोई आहट नहीं आ रही थी।

वह दरवाज़ा खोलता है –
कुर्सियाँ उलटी पड़ी थीं, परदे फटे हुए, और ज़मीन पर टूटी काँच की बोतलें।
एक मेज़ पर खून का हल्का-सा निशान।

रूद्र की साँसें रुक गईं।
उसने एक पल में सब समझ लिया,मेरी दीप्ति को ले गए...!

रूद्र ने बिना वक्त गंवाए लैपटॉप खोला।
वह शहर की लोकल कैमरा नेटवर्क में घुस गया –

वो सिस्टम जो किसी पुलिस अफसर को भी सोचने पर मजबूर कर दे।

हर फुटेज स्क्रॉल होती गई –
एक सफ़ेद वैन, दो नकाबपोश आदमी, और दरवाज़े के पास कुछ सेकंड की झड़प।
वैन पूर्व दिशा में गई थी – शहर के बाहर।

रूद्र की आँखें लाल थीं, होंठों से बस एक शब्द निकला –
"विजय सिंह..."

रूद्र ने दीप्ति को कुछ महीनों पहले एक लॉकेट दिया था –
सिर्फ़ प्यार का प्रतीक नहीं, बल्कि एक ट्रैकर।
वह जानता था, दुश्मन अब उसके बहुत करीब हैं।

लॉकेट की लोकेशन धीरे-धीरे एक बिंदु पर थम गई –
शहर की सीमा से बाहर, एक पुरानी छह मंज़िला बिल्डिंग।

वह बिल्डिंग के सामने पहुँचा।
चारों ओर सन्नाटा था। ऊपर पाँचवीं मंज़िल पर एक ताला लगा था।
रूद्र ने दरवाज़ा तोड़ा –
कमरा अंधेरा था। अंदर की हवा में धूल, परफ्यूम और हल्की खून की गंध थी।

दीवार पर एक दुपट्टा टँगा था – लाल, हल्का फटा हुआ।
रूद्र ने उसे उठाया, अपनी हथेलियों में दबा लिया।
उसका गला सूख गया था।
आँखों में पानी नहीं, बस आग थी।

कुर्सी के नीचे एक अखबार का टुकड़ा पड़ा था –
उस पर वही लॉकेट रखा,वही जो दीप्ति रोज़ पहनती थी।

अख़बार पर कुछ लिखा था –
रूद्र ने कांपते हाथों से उसे उठाया।
"रूद्र,
मुझे पता है तुम मुझे ढूंढते हुए यहाँ ज़रूर आओगे।
ये लोग मुझे तुम्हारे बारे में पूछेंगे, और शायद मैं ज़्यादा देर तक चुप नहीं रह पाऊँ।
मुझे डर है, कहीं मेरी कमजोरी तुम्हारी मेहनत को मिटा न दे।
तुमसे मिलना मेरी ज़िंदगी की सबसे बड़ी ख़ुशक़िस्मती थी।

रूद्र, मैंने अपनी इस छोटी-सी ज़िंदगी में सिर्फ़ तुमसे प्यार किया है।
तुम्हारा राज़, तुम्हारा नाम, तुम्हारा संघर्ष – यही मेरी पूजा है।
अगर मेरी मौत तुम्हारे बदले को बचा सकती है,
तो मुझे मरने का डर नहीं।

मैं कायर नहीं हूँ, रूद्र।
मैं बस तुम्हारे हिस्से का दर्द अपने हिस्से में बाँट रही हूँ।
मुझे माफ़ कर देना।

-

दीप्ति"

रूद्र के हाथ काँपने लगे।
अख़बार का टुकड़ा उसके हाथ से फिसल गया।
कमरे में अब सिर्फ़ हवा थी – और एक खिड़की खुली हुई।

वह भागा – उस खिड़की तक।
नीचे झाँका तो कुछ देखा जो उसकी आत्मा तक को तोड़ गया।

पेड़ों के झुरमुट में,
एक बेजान शरीर पड़ा था –
सफ़ेद सूट में,
बालों में धूल, और माथे पर लहू।

वह दीप्ति थी।

रूद्र के पैरों से ज़मीन खिसक गई।
वह भागा, सीढ़ियाँ लांघता हुआ नीचे पहुँचा।
ज़मीन पर घुटनों के बल गिरा –
उसने उसका चेहरा अपने हाथों में लिया।

उस क्षण जैसे समय ही थम गया – हवा भी साँस रोके खड़ी हो गई थी। दीप्ति का चेहरा, जो कभी हँसी की वजह था, अब शान्त किसी पोथी की तरह थमा हुआ था; उसकी पलकों पर सपनों की धूल जमी थी और उसके होंठों की हल्की सी मुस्कान में अभी भी पूरे बरसों की नर्मीयत बसी हुई थी। रूद्र का सर सन्नाटा छू गया – सब कुछ चल रहा था मगर उसकी दुनिया अँधेरी हो चुकी थी। उसने हाथों से उसका सिर उठाया और फिर महसूस किया कि उसकी हथेलियाँ ठंडी-ठंडी, नाज़ुक-सी हैं, जैसे किसी पावन फूल की पंखुड़ियाँ। उस ठण्डक में रूद्र की उंगलियों के बीच बहता हुआ उसका प्यार लौटकर आने की तमन्ना कर रहा था, पर लौटना तो दूर की बात थी; वहाँ सिर्फ़ एक शांत अनुनाद था – किसी गीत का गला घोंटा हुआ।

दीप्ति की आँखें बंद थीं,
पर चेहरा वैसा ही शांत – जैसे किसी ने दर्द में भी मुस्कान छोड़ी हो।

रूद्र ने धीरे से कहा,
“दीप्ति... उठो। मैंने कहा था न, साथ में जिएंगे...”

कोई जवाब नहीं आया।
बस हवा चली, और उसके बाल रूद्र के चेहरे से टकराए।
रूद्र वहीं बैठा रहा – कई मिनटों तक।
फिर अचानक उसके होंठ काँपे, और आँखों से पानी बह निकला।

रात गहराती गई।
बिल्डिंग के बाहर कुत्ते भौंक रहे थे, और हवा में गंध थी,अधूरी मोहब्बत की।

रूद्र ने दीप्ति के शरीर को उठाया,
उसे अपनी कार में रखा,
और शहर से बाहर पुराने पुल तक गया –
वह बोला,
“तुमने मेरी आग को थाम लिया, दीप्ति...
अब मैं इसे बुझाऊँगा नहीं।”

उसने दीप्ति के शरीर को सफ़ेद चादर में लपेटा,
और नदी के पानी में धीरे से छोड़ दिया।

पानी में चाँद का प्रतिबिंब हिलने लगा।
रात में नदी के पानी में दीप्ति का निर्जीव शरीर तैरते हुए आगे बढ़ रहा था।

एक पल के लिए जैसे रुद्र को लगा कि दीप्ति पानी की सतह पर उठकर बैठी हो और मुस्कराकर रूद्र को हाथ हिलाकर बोली बोल रही है, “अलविदा रूद्र मेरा सफर यहीं तक था तुम अपना अध्याय जारी रखो...!

रूद्र की आँखों में अब कुछ नहीं बचा था।

# दशहरा

# 15 दशहरा

रात के सन्नाटे में नागपुर की गलियाँ उतनी ही सूनी थीं, जितना रूद्र का मन। सड़क के किनारे जलती पीली बत्तियाँ किसी बुझती हुई उम्मीद की तरह काँप रही थीं। हवा में नमी थी – शायद किसी अंत की आहट थी। दीप्ति की मौत को बीते कई हफ़्ते हो चुके थे, पर रूद्र के भीतर वह दृश्य आज भी उतना ही ज़िन्दा था। उसके सीने में जैसे कोई चिंगारी सुलग रही थी – शांत पर अनियंत्रित।

अब बदला केवल बदला नहीं रह गया था; यह रूद्र की आत्मा का धर्म बन चुका था। उसके लिए यह केवल रॉबिन, घरवालों या दीप्ति की मौत नहीं थी, बल्कि अपने अस्तित्व की पुनर्स्थापना का युद्ध था। विजय सिंह अब उसके लिए सिर्फ़ एक नाम नहीं था – वह राक्षस था, जो उसके हर रिश्ते, हर साँस, हर उम्मीद को निगल गया था।

विजय सिंह... एक ऐसा आदमी जिसने अपने साम्राज्य को खून और छल से सींचा था। उसके बंगले के चारों ओर इतनी सुरक्षा थी कि परिंदा भी पर मारने से पहले अनुमति माँगता। पर रूद्र जानता था – हर किला, चाहे कितना भी मज़बूत क्यों न हो, उसके भीतर एक कमजोर दरवाज़ा ज़रूर होता है। बस उसे खोजने की देर होती है।

रूद्र ने अपने अगले निशाने के लिए महीनों तक तैयारी की। वह विजय सिंह की दुनिया को एक अदृश्य साए की तरह खंगालता रहा – उसके नौकर, ड्राइवर, सिक्योरिटी गार्ड, यहाँ तक कि उसके पालतू कुत्तों की दिनचर्या तक। और फिर एक दिन, उसे वह “विभीषण” मिल

गया – विजय सिंह के बंगले का पुराना नौकर बालू काका, जो पैसों और अपमान दोनों से तंग आ चुका था।

“साहब रोज़ हमें झिड़क देता है... हमारी तो हैसियत किसी जूते से भी कम है,”
बालू ने एक रात कहा, जब रूद्र ने उसे शहर के बाहर चाय की टपरी पर बुलाया था।
रूद्र ने शान्त स्वर में जवाब दिया,
“जूते की धूल भी तब उठती है जब कोई उसे ठोकर मारे, बालू काका। अब वक्त आ गया है कि वह ठोकर लौटाई जाए।”

कुछ नोट टेबल पर सरकते हैं।
“बस इतना करना है कि उसका टूथपेस्ट बदल देना। बाकी सब मैं देख लूँगा।”

बालू की आँखों में एक पल को भय झलका, फिर उसी भय के भीतर छिपा वर्षों का अपमान जाग उठा।
“ठीक है साहब... जो आप कहें।”

अगले ही दिन रूद्र ने एक कैमिकल लैब से दुर्लभ विषों की सीमित मात्रा मँगवाई – ट्रायकोलिनाइट, पॉलीमर्सिन और हीमोटॉक्सिन। ये तीनों जहर शरीर में धीरे-धीरे रिसते थे और दिखते थे जैसे कोई पुरानी बीमारी। रूद्र ने इन्हें अपने हाथ से तैयार पेस्ट में मिलाया – मात्रा इतनी संतुलित कि मौत कुछ ही हफ्तों में आए, पर किसी को शक न हो।

वह टूथपेस्ट विजय सिंह के कमरे तक पहुँच चुका था। बालू ने वही पुराना ब्रांड लिया, ढक्कन तक उसी तरह से पैक किया, ताकि किसी

को शक तक न हो। रूद्र ने दूर से उस पूरे ऑपरेशन को ट्रैक किया – जैसे कोई चेस का खिलाड़ी अपने हर मोहरे की चाल गिन रहा हो।

दिन बीतने लगे।
विजय सिंह हर सुबह वही पेस्ट इस्तेमाल करता, मुस्कराता, और अख़बार में खुद के बिजनेस एम्पायर की खबरें पढ़ता। उसे क्या पता था कि हर ब्रश के साथ, वह अपनी मौत की एक नई परत खोल रहा है।

दस दिन बाद खबर आई – विजय सिंह बीमार पड़ा है। तेज़ बुखार, उल्टी, और बेचैनी। डॉक्टरों ने पहले इसे वायरल कहा, फिर फूड पॉइजनिंग, और फिर "अनजान संक्रमण"। किसी ने सोचा तक नहीं कि असल कारण उसकी सुबह की मुस्कान में छिपा था – वही टूथपेस्ट।

रूद्र शहर के एक गेस्ट हाउस में बैठा रेडियो पर खबर सुन रहा था।
"शराब व्यवसायी विजय सिंह पिछले तीन दिनों से अस्पताल में भर्ती, हालत गंभीर..."
उसके होंठों पर हल्की सी मुस्कान उभरी – वैसी, जैसी कोई ऋषि अपने तप का फल देखकर करता है।

अगले बीस दिन में जहर ने अपना पूरा असर दिखाया। विजय सिंह का शरीर अंदर से गलने लगा था। उसकी नसें जलतीं, मुँह से खून निकलता, और डॉक्टर उसकी "फेल होती बॉडी" पर आधुनिकता का लेप लगाते रहे।

वह अब वही आदमी नहीं रहा था जो देवगढ़ में अपनी ठोड़ी ऊँची रखकर निर्दोषों को कुचल देता था। अब वह एक कराहता हुआ राक्षस

था – अपने ही बनाये साम्राज्य की दीवारों के बीच सड़ता हुआ।

रूद्र ने अस्पताल के सामने खड़े होकर देखा – चारों ओर पुलिस, मीडिया, बॉडीगार्ड। पर वह जानता था, अब उसे कुछ करने की ज़रूरत नहीं। अब मृत्यु खुद उसके लिए काम कर रही थी।

रात के बारह बजे, विजय सिंह का शरीर कांपने लगा। उसकी आँखें उलट गईं। डॉक्टर भागे, इंजेक्शन लगे, पर नसें अब जवाब दे चुकी थीं। उसकी आखिरी चीख, उसी अस्पताल की सफेद दीवारों में गुम हो गई।

रूद्र को जब खबर मिली, वह देवगढ़ की ओर जा रहा था। हवा में दशहरे का उल्लास था – शहर के हर मोड़ पर रावण के पुतले सज रहे थे, बच्चे खुशी से चिल्ला रहे थे, "राम जी की जय!"

उसने दूर आसमान की तरफ देखा – जलते हुए रावण के साथ उसे विजय सिंह का चेहरा दिखा। वही दंभ, वही पाप, और फिर वही राख में बदलता हुआ चेहरा।

उस पल रूद्र ने दीप्ति की तस्वीर अपने हाथ में ली –
"देखो दीप्ति... बदला पूरा हुआ।"

पर आँखों से आँसू बह निकले – क्योंकि बदला पूरा होने के बाद भी उसके पास कुछ बचा नहीं था। घर खाली था, दिल खाली था, और अब उसकी ज़िन्दगी भी सिर्फ़ राख थी।

वह देवगढ़ पहुँचा। वही पुरानी ज़मीन, वही पेड़, वही सूखी नदी। रूद्र ने वहीं दीप्ति की अस्थियों का कुछ अंश रखा था। उसने मिट्टी

उठाकर अपने माथे पर लगाया।

"अब तुम शान्त हो जाओगी, गीता। तुम्हारे हर आँसू का हिसाब मैंने ले लिया।"

हवा में धीमे-धीमे धुआँ घुलने लगा। पास ही एक मंदिर में आरती की घंटियाँ बज रही थीं। सूरज अस्त हो रहा था – लाल, जैसे किसी अधूरे युद्ध का रक्त।

रूद्र ने अपनी जेब से दीप्ति की चिट्ठी निकाली – वही जो उसने मरने से पहले छोड़ी थी।
कागज़ अब पीला हो चुका था, पर शब्द उतने ही तीखे थे –
"मैं कायर नहीं हूँ, रूद्र। मैं यह सब तुम्हारे लिए कर रही हूँ...!

लोग जयकारे लगा रहे थे,
"राम जी की जय! बुराई पर अच्छाई की जीत!"

पर रूद्र जानता था – हर जीत किसी हार की राख पर टिकी होती है।
उसने धीमे से कहा,
"रूद्र तो जीत गया...पर कबीर हार गया।

कई साल बाद, देवगढ़ की उसी ज़मीन पर एक छोटा स्कूल बना – "गीती विद्यालय।"

"यह पुस्तक उन से सैंकड़ो "कबीर"
के नाम जिन्हें हर रोज़ हमारे देश
के क़ानून और न्यायिक व्यवस्था से
लड़ते हुए "रुद्र" बनना पड़ता है...!"

**महावीर चौधरी**

mahaveerc376@gmail.com

@mahavir_bookworm

www.ingramcontent.com/pod-product-compliance
Lightning Source LLC
LaVergne TN
LVHW100326210926
848480LV00003B/1274
* 9 7 9 8 9 0 0 8 9 7 0 2 8 *